Charmed

Charmed

Zauberhafte Schwestern

Tod im Spiegel

Roman von
Jeff Mariotte

Aus dem Amerikanischen
von Thomas Ziegler

vgs

Bibliografische Information Der Deutschen Bibliothek
Die Deutsche Bibliothek verzeichnet diese Publikation in der Deutschen Nationalbibliografie; detaillierte bibliografische Daten sind im Internet über http://dnb.ddb.de abrufbar.

Erstveröffentlichung bei Pocket Books, New York 2003.
Titel der amerikanischen Originalausgabe: *Mirror Image*
von Jeff Mariotte

Das Buch »Charmed – Zauberhafte Schwestern. Tod im Spiegel« von Jeff Mariotte entstand auf der Basis der gleichnamigen Fernsehserie von Spelling Television, ausgestrahlt bei ProSieben.

1. Auflage 2003

Lektorat: Ilke Vehling
Produktion: Wolfgang Arntz
Umschlaggestaltung: Sens, Köln
Titelfoto: © Spelling Television Inc. 2003
Satz: Kalle Giese, Overath
Printed in Germany
ISBN 3-8025-3258-9

Prolog

Der San-Francisco-Nebel war an diesem Nachmittag schnell aufgezogen. Er hing dicht unter dem Himmel und verdeckte sogar die Spitzen der Gebäude auf der anderen Straßenseite. Julia Tilton rannte, weil sie sich verspätet hatte. Schon in der Straßenbahn hatte sie die Feuchtigkeit des frühen Abends auf ihrem Körper gespürt. Während sie den steilen Hang der Polk Street hinaufeilte, sagte sie sich immer wieder, dass es nur der mühsame Aufstieg und nicht der Nebel selbst war, der ihr das Laufen so erschwerte. Wenn sie ihre Arbeitsstelle erreichte, würden ihr die schulterlangen, blonden Haare am Kopf kleben.

Sie wusste, dass das *La Terraza* nicht Bankrott gehen würde, wenn sie zehn Minuten zu spät zur Arbeit kam. Jeannie würde etwas länger bleiben, und sobald Julia eintraf, würde sie ihre Schürze anziehen und ihre Tische übernehmen. Kein Problem. Es gab ohnehin nur vierzehn Tische, und Jeannie hatte auch schon mal allein das Abendessen serviert. Aber Mr. Marzolla regte sich schnell auf. Dann lief sein Gesicht rot an, bis auf diese eine Stelle auf seiner kahlen Stirn, die so weiß blieb, wie ein kahler Fleck auf einer roten Tapete. Es war Furcht erregend und gleichzeitig auch ein wenig komisch. Er würde sie in die enge Küche zerren und sie beschimpfen, als hätte sie sich in sein Bankkonto eingehackt und jeden Penny abgehoben.

Lou Marzollas Temperament war der Hauptgrund dafür, dass Julia jeden Morgen den *Chronicle* durchsah und nach einem neuen Job suchte. Aber sie mochte die Leute, mit denen sie zusammenarbeitete, abgesehen von ihrem Boss. Die Arbeitszeiten waren ziemlich flexibel, und es gab eine Hummersoße, für die sie hätte sterben können. Und sie hatte schon drei Filmstars bedient, seit sie dort vor zwei Jahren angefangen hatte. Okay, Shawn Cassidy war eher ein Fernsehstar und hatte den Gipfel seines Ruhmes vielleicht schon überschritten, doch Susan Sarandon war eindeutig ein Filmstar, und Clint Eastwood – nun, er war Clint Eastwood. Er hatte ein Gesicht, das gut zu dem Mount Rushmore gepasst hätte, und er war trotzdem so nett gewesen, wie man nur sein konnte. Außerdem hatte er reichlich Trinkgeld gegeben. Das war nie ein Fehler.

Und so setzte sie die Jobsuche fort. Doch jedes Angebot, das Julia in Augenschein nahm, erfüllte auf die eine oder andere Weise nicht ihre Ansprüche. Ihre Wohnungssuche dagegen war besser verlaufen. Als vor einem Monat in ihrem Apartmentgebäude Eigentumswohnungen eingerichtet wurden, hatte sie umziehen müssen. Zusammen mit drei Mitbewohnern fand sie eine neue Unterkunft. Es war ein geräumiges, zweistöckiges Haus ohne Fahrstuhl im Mission District. Das Haus war ein wenig heruntergekommen, doch finanzierbar. Von diesem Erfolg inspiriert, hatte sie in der Morgenzeitung ihre Rettung gesehen und suchte dort nach dem perfekten Job, obwohl ihr gleichzeitig klar war, dass es den perfekten Job gar nicht gab.

Und wenn sie das Restaurant nicht erreichte, bevor bei Mr. Marzallo die Sicherungen durchbrannten, würde sie zu dieser Erkenntnis schneller gelangen, als ihr lieb war. Doch sie hatte das Gefühl, durch den Nebel kaum den Hügel hinaufzukommen. Außerdem waren die Geräusche gedämpft, sodass sie glaubte, allein in der Stadt zu sein. Inzwischen war die Sonne untergegangen, und nur vereinzelt schossen ein paar Autos die nahe Pine Street hinauf. Ihre Scheinwerfer schnitten durch den Nebeldunst, und ihre Reifen quietschten auf dem feuchten Asphalt. Aber hier in der Polk Street hörte sie nur ihre eigenen Atemzüge und ihre Schritte auf dem Beton widerhallen.

Zumindest *dachte* sie, dass dies alles war, was sie hörte.

Denn während sie weiterging, dämmerte ihr, dass die Atemzüge, die sie vernahm, nicht nur ihre eigenen waren. Jemand anders war in der Nähe und hatte seine Atemzüge ihren angepasst. Abrupt änderte sie ihren Rhythmus und hörte kurz darauf ein scharfes Inhalieren, das schlagartig abbrach.

Julia blieb auf der Straße stehen und fuhr herum. Es war niemand zu sehen, nur der Nebel, der in dichten Schwaden durch den leeren Block trieb. Aber sie hätte schwören können, jemanden gehört zu haben ...

Vielleicht ist es nur der Nebel, der zu Sinnestäuschungen führt, beruhigte sie sich. Er lässt die Geräusche nachhallen und verwirrt mich. Sie versuchte, ihre Besorgnis zu verdrängen und ging weiter den Hügel hinauf, aber nach ein paar Schritten blieb sie unvermittelt stehen und hielt erneut den Atem an.

Dann hörte sie es wieder, einen Schritt, der kurz nach ihrem folgte, und ein schnelles, gepresstes Ausatmen. Sie spürte eine – eine *Präsenz*, dachte sie, als wäre jemand in ihrer unmittelbaren Nähe. Ihr gefiel das Gefühl ganz und gar nicht.

»Wer ist da?«, fragte sie und fuhr wieder herum. Noch immer war niemand zu sehen. Halluzinierte sie? Vielleicht bekam ihr Gehirn nicht genug Sauerstoff.

Sie drehte sich wieder dem Hügel zu. Es war nicht mehr weit. Ein paar Blocks, und sie hatte das kleine Restaurant erreicht. Marzolla würde sie wütend anfunkeln, und Jeannie würde ihr ein verständnisvolles Lächeln schenken. Bald war sie in Sicherheit. Sie machte einen Schritt und spürte dann, wie etwas Weiches und Feuchtes, das an nasse Spinnweben erinnerte, ihre Wange streifte. Sie stieß einen spitzen Schrei aus und schlug um sich.

»Was ist das?«, rief sie, ohne jemanden direkt anzusprechen. »Wer ist da?« Niemand antwortete, aber bevor sie einen weiteren Schritt machen konnte, spürte sie eine neuerliche feuchte Berührung, diesmal an ihrem Hals. Sie schlug wieder danach, traf aber erneut nichts.

Diese ganze Sache bilde ich mir doch nur ein, entschied sie. Hier ist nichts. Es ist nur die Feuchtigkeit, der Nebel. Ich schwitze vom Laufen, und der Schweiß rinnt über mein Gesicht und meinen Hals. Das ist alles. Reiß dich zusammen, Mädchen.

Sie hatte sich fast selbst überzeugt, als eine Stimme ertönte, eine Stimme, die sanft und zögerlich und eindeutig männlich war. »So hübsch«, sagte die Stimme.

In diesem Moment schrie Julia Tilton auf und rannte davon.

Ihr Fehler war, dass sie in die falsche Richtung lief – den Hügel hinauf, statt nach unten, wodurch sie vielleicht schneller geworden wäre.

Das passiert nicht wirklich, dachte sie immer wieder. Das *kann* nicht wirklich passieren. Das ist völlig unmöglich.

Aber sie hatte kaum sechs Schritte zurückgelegt, als sie eine weitere Berührung spürte. Diesmal war sie alles andere als sanft: Ein Stoß in den Rücken ließ sie in die Knie gehen. Sie spürte, wie der Bürgersteig ihre schwarze Baumwollhose aufriss und ihre Haut an den Knien aufscheuerte. Sie erinnerte sich flüchtig daran, dass sie im Alter von zehn Jahren einen wundervollen Sommer erlebt hatte, in dem sie so oft geklettert, gerannt und gestürzt war, dass sie ständig zerschrammte Knie und zerkratzte Handgelenke gehabt hatte.

Doch jetzt war keine Zeit für Erinnerungen. Sie schlug wild mit ihrer Handtasche nach dem unsichtbaren Angreifer, ohne jedoch irgendjemanden zu treffen. Sie unterdrückte ein Schluchzen, spürte, wie die Tränen über ihre Wangen liefen, und rappelte sich auf. Sie konnte noch immer niemanden sehen, aber sie wusste, dass dies keine Rolle spielte. Er war da, und er führte nichts Gutes im Schilde. Sie stieß einen Schrei aus, gefolgt von einem weiteren, der lang und laut und voller Panik war.

Er lachte nur und legte seine kräftige Hand auf ihre Schulter. Sie schlug wieder nach ihm und traf diesmal, aber in dem Moment, als ihre Hand etwas berührte, das sich fast wie Fleisch anfühlte, verschwand es einfach, und ihre Hand fasste ins Leere. Für einen Sekundenbruchteil glaubte sie, ein männliches Gesicht zu sehen, das sie durch den Nebel angrinste, aber dann war es fort, und sie war nicht mehr sicher, ob es jemals da gewesen war.

Das ist ein schlechter Traum, dachte sie, ein Albtraum. Die reale Welt funktioniert so nicht. Entweder kann man etwas berühren oder nicht, es wabert nicht herum wie der Nebel, und ...

Und dann hatte Julia Tilton keine weiteren zusammenhängenden Gedanken mehr. Panik, richtige Panik beherrschte ihr Bewusstsein. Sie schluchzte und stöhnte und gab kurze keuchende Laute von sich. Ihre Tränen waren wie ein Fluss, dessen Dämme allesamt gebrochen waren und über ihr Gesicht strömten. Ihr Körper zitterte wie Espenlaub. Es war ein schrecklicher Moment, aber in einer Hinsicht vielleicht auch gnädig, denn als das lange Messer kurz aufblitzte, hatte sie bereits den Verstand verloren, und ihre Furcht war weit weniger groß als noch einige Augenblicke zuvor.

1

JEDES HAUS GIBT DES NACHTS Geräusche von sich, ältere mehr als jüngere und das aus Gründen, die in der Regel offensichtlich sind. Ein altes viktorianisches Haus mit zwei Schwestern zu teilen, dachte Paige Matthews, bedeutete, dass seltsame Geräusche zwangsläufig dazugehörten. Sie nahm an, dass ihre Schwestern sich auch an ihre Eigenheiten hatten gewöhnen müssen. Aber sie waren im Vorteil, denn sie hatten schon vor ihr mit einer Schwester zusammengelebt, nämlich mit Prue, deren Tod noch nicht lange zurück lag und die Familie stark erschüttert hatte. In gewisser Hinsicht, vermutete Paige, war deshalb ihre Anwesenheit in dem Haus eher beruhigend als irritierend und ein Weg, den Normalzustand des Hauses wieder herzustellen.

Normal im Sinne von beengt und chaotisch.

Das Haus war nicht klein, aber jedes Haus, das drei eigensinnige Hexen – und zwei wichtige andere Personen – in seinen Mauern beherbergte, vermittelte zwangsläufig hin und wieder ein klaustrophobisches Gefühl, davon war Paige überzeugt. Und sie hatte keine Illusionen darüber, dass sie nicht mindestens genauso eigensinnig war wie die anderen. Manchmal vielleicht sogar noch mehr.

Während Paige ihre vollen, dunklen Haare bürstete – hundert Striche, jede Nacht vor dem Einschlafen, wenn sie nicht gerade gegen Dämonen kämpfte oder Unschuldige vor dem Bösen rettete –, hörte sie helles Gelächter, das vermutlich aus Phoebes Zimmer drang. Das bedeutete, dass Cole hier war. Phoebe lachte immer so, wenn er bei ihr war. In den meisten Haushalten war das Kommen und Gehen leichter zu überwachen, weil die Leute diese praktische Erfindung namens Tür benutzten, aber in diesem materialisierten die Bewohner hinein und hinaus, ohne dass es jemand mitbekam.

Manchmal musste sie die Zähne zusammenbeißen, wenn sie etwas von ihren Schwestern belauschte, denn es erweckte in ihr das Gefühl, treulos und undankbar zu sein. Aber das war sie nicht – nicht im Geringsten. Obwohl es nur ihre Halbschwestern waren, von denen sie erst kürzlich, nach Prues Tod, erfahren hatte. Die Entdeckung, dass sie von ihrer Mom zur Adoption freigegeben wurde und drei weitere Schwestern hatte, verblasste im Vergleich zu der Tatsache, dass ihre Mom eine Hexe und ihr Dad, den sie nicht mit Piper und Phoebe teilte, ein *Wächter des Lichts* war. Aber Phoebe und Piper hatten Paige in die Familie aufgenommen, sie in ihr Haus geholt und ihr von ihrem Hexenerbe erzählt. Sie hatten sie wie die Halbschwester behandelt, die sie war, und sie konnte ihnen nichts vorwerfen.

Nein, dachte sie, vielleicht hatte es mehr mit der Tatsache zu tun, dass sie mit den Männern in ihrem Leben so verdammt *glücklich* waren. Paige mochte Männer – manchmal vielleicht etwas zu sehr, was sie das eine oder andere Mal in Schwierigkeiten gebracht hatte. Aber jetzt, da sie eine Hexe war, schienen ihre Optionen sehr begrenzt zu sein. Normale Männer passten nicht zu dem neuen Lebensstil. Ihr drohte von allen möglichen Übeln Gefahr, und sie hatte festgestellt, dass die meisten nicht allzu gut auf die Enthüllung reagierten, dass sie und ihre Halbschwestern über magische Fähigkeiten verfügten. Piper hatte sich bereits ihren *Wächter des Lichts* geangelt, sodass Paige den Trick ihrer Mom nicht wiederholen konnte. Phoebe hatte Cole, einen Ex-Dämonen, und das machte Paige manchmal Sorgen, da sie nicht sicher war, wie Ex ein Ex-Dämon wirklich sein konnte, denn Hexen und Dämonen waren wie ›Hund und Katz‹ in der magischen Welt.

Wer blieb also für Paige übrig? Es waren keine *Wächter des Lichts*, keine gut aussehenden ehemaligen Dämonen und keine Menschen verfügbar, die solche Umstände akzeptieren konnten. Vielleicht gab es irgendwo einen attraktiven Hexer, der zufälligerweise kein Verwandter war. Aber wenn es einen gab, so hatte sie ihn bisher noch nicht kennen gelernt.

Sie legte die Bürste zur Seite und ging ihre Checkliste durch: Haare, Zähne, Gesicht. Die Kleidung für morgen hatte sie bereits ausgewählt, aber im Schrank gelassen, wo sie vor irgendwelchen schleimigen Bösewichtern sicher war, die sich vielleicht entschlossen, des Nachts ins Haus einzudringen. Sie streifte ihren flauschigen Bademantel ab, warf ihn über die Lehne eines Stuhles und schlüpfte unter die Decke. Paige liebte sauberes Bettzeug, ganz frisch und kühl, und obwohl sie niemals behaupten würde, die ordentlichste Hausfrau der Welt zu sein – oder des Hauses –, versuchte sie, ihre Bettwäsche so oft wie möglich zu wechseln.

Als sie ihren Kopf auf das Kissen legte, dämmerte ihr, was es war, das sie manchmal an ihren Halbschwestern störte. Es war nichts, was sie taten, sondern purer Neid. Sie wollte auch eine stabile Beziehung zu einem Mann, der ihr Geheimnis kannte und sie trotzdem akzeptierte. Sie sogar zu schätzen wusste. Aber sie hatte keine Ahnung, wie sie dies bekommen konnte, und ihr war klar, dass sie mit dem zufrieden sein sollte, was sie hatte: zwei wundervolle Halbschwestern, die sie liebten, ein Dach über dem Kopf und eine Lebensaufgabe. Es gab viele Menschen, die viel, viel weniger als das hatten.

Paige schloss die Augen und war binnen weniger Minuten eingeschlafen.

Der Nebel lag wie eine Decke über der Stadt, schlich in jede Ritze, die er finden konnte. Er dämpfte die Lichter und Geräusche. Von der Golden Gate Bridge bis zu Hunter's Point, von den Touristenattraktionen am Embarcadero Boulevard bis zum stillen Ufer des Lake Merced lag San Francisco unter der kühlen, feuchten Nebelwolke.

Das genaue Baujahr von Halliwell Manor lag im Dunkel der Geschichte verborgen, aber soweit man wusste, war es seit Anbeginn schon im Familienbesitz gewesen. Es war oft restauriert und repariert worden, da der immer währende Kampf des Guten gegen das Böse seine Spuren hinterließ. Wie so oft blieben die Fenster von Halliwell Manor auch in dieser kalten Nacht verschlossen. Nichts sollte ins Haus eindringen, aber der Nebel war hartnäckig.

Er kratzte und rüttelte an Türknäufen, Fenstern und Schindeln. Er waberte ums Haus herum, tastete nach allen Ritzen und suchte nach einem Weg hinein. Endlich fand er einen, ein winziges Loch unter dem Dachvorsprung, das übersehen worden war, als man ein größeres Loch repariert hatte, das ein G'nesht-Dämon vor fünf Monaten mit einem schlecht gezielten Feuerball verursacht hatte.

Nachdem der Nebel eingedrungen war, trieb er lautlos durchs Haus, vorbei an den schlafenden Bewohnerinnen, um schließlich über einer von ihnen zu verharren. Der Nebel schien zu zittern, und eine glitzernde kleine Wolke fiel auf das Gesicht der Schläferin, verschwand aber in dem Moment, als sie ihre Haut berührte.

Der Nebel bewegte sich weiter. Er ließ die Schläferin zurück, ohne sie zu wecken, obwohl er über ihre Wange strich, als wollte er die Feuchtigkeit, die er hinterlassen hatte, wegwischen. Der Nebel trieb in ein anderes Zimmer und wiederholte dieselbe Prozedur. Erneut fiel eine hauchfeine, fast nichtexistente Wolke aus funkelndem Licht auf eine schlafende Schwester, die nicht erwachte, sondern lediglich einmal mit der Nase zuckte und sich dann auf die Seite drehte.

Schließlich erreichte der Nebel die dritte Schwester, die allein in ihrem Zimmer schlief, und erneut bestäubte er die Schläferin mit einer glitzernden Wolke. Diese dritte Schwester regte sich nicht einmal.

Dann löste er sich auf und hinterließ nur einen Hauch von Feuchtigkeit an der Decke des Hauses, der bis zum Morgen verschwunden sein würde.

Das Werk war vollbracht.

Und die drei Hexen würden niemals wieder dieselben sein ...

Phoebe hatte tief und fest geschlafen, war sich kaum des gut aussehenden, dunkelhaarigen Mannes bewusst, der sie in seinen Armen hielt, während er an ihrer Seite schlummerte. Ohne Vorwarnung fiel sie in einen Traum wie in einen dunklen und Furcht erregenden Abgrund. Die Landschaft war scharfkantig und verbrannt, die Atmosphäre bedrohlich. Sie konnte ein fernes Heulen hören, das wie die Schreie von Verdammten klang; Mütter, die ihre Kinder verloren hatten; Seelen in ewiger Qual. Sie wanderte durch diesen Ort und spürte eine Kälte, die bis in ihre Knochen drang.

Dann fand sie sich plötzlich auf dem Dachboden des Hauses wieder. Sie bemerkte eine Kommode an der Wand, eins jener Möbelstücke, die nichts anderes taten als Staub anzusammeln. Sie vibrierte und verbreitete dieselbe Atmosphäre wie der düstere, Furcht erregende Ort, den sie kurz zuvor verlassen hatte. Während sie das Möbelstück betrachtete, schien es lebendig zu werden. Alle Schubladen flogen heraus, und Blut, dick und rot, ergoss sich auf den alten Holzfußboden.

Phoebe fuhr hoch, plötzlich hellwach. Sie blinzelte einige Male, während die Traumrealität verblasste wie das Blitzlicht einer Kamera, nachdem ein Foto geschossen worden war. Dann schüttelte sie Cole, bis er sich rührte.

»Was?«, murmelte er. »Was ist los, Phoebe?«

»Cole, wir müssen nach oben gehen.«

»Jetzt?«, fragte er schlaftrunken. »Es ist ... wie spät ist es? Spät. Es ist spät. Oder früh.«

»Jetzt«, beharrte Phoebe. »Sofort. Komm schon. Oder lass es bleiben. Mir ist es egal. Ich werde allein gehen.«

Diese Drohung rüttelte ihn auf. Er setzte sich und schlug die Decke zurück. »Nein, okay. Ich werde mitkommen, Phoebe. Warte nur eine Sekunde. Was ist los?«

»Ich hatte eine Vision«, erklärte sie ihm. »Oder keine Vision, vielmehr einen Traum. Einen Traum, der wie eine Vision war.«

»In welcher Hinsicht?«, fragte er nach, schwang seine Beine über die Bettkante und stellte seine nackten Füße auf den Boden. Er sah jetzt wach und besorgt aus. »Was für eine Vision war es? Was hast du gesehen?«

»Es war eigentlich keine Vision, dessen bin ich mir sicher, nur ein besonders unheimlicher Traum. Er war symbolisch, schätze ich. Aber wie eine Vision, und ich habe das Gefühl, dass Menschenleben in Gefahr sein könnten.«

»Wessen Leben?«

»Ich habe keine Ahnung«, gestand sie. Sie wusste, dass das alles sehr vage klang, aber mehr wusste sie nun einmal nicht. »Das Leben von irgendjemandem ist in Gefahr, mehr kann ich dir nicht sagen. Vielleicht wegen all dem Blut.«

»Blut?«, wiederholte Cole und runzelte erneut die Stirn.

»Lass uns nach oben gehen«, bat Phoebe.

Es dauerte ein paar Minuten, die Kommode zu finden – der Halliwell-Dachboden war nicht der ordentlichste Raum des Hauses, und der Trödel von Generationen türmte sich dort auf –, aber sie stand dort, wo Phoebe sie im Traum gesehen hatte und sah auch genauso aus. Helles Holz, zerkratzt und fleckig von den vielen Jahren des Gebrauchs, die Schubladenknäufe aus einem dunkleren Holz, das zu einer Art Blumenmuster geschnitzt war, mit einer feinen Zierleiste am Rand aus einer anderen Holzsorte. Sie musste einst ein hübsches Stück gewesen sein. Phoebe war ein wenig überrascht, dass keine der Schwestern sie für ihr eigenes Zimmer beansprucht hatte. Auch sie hatte es nicht vor, nicht nach diesem Traum, doch die Kommode sah aus wie ein Möbelstück, das Piper vielleicht gefallen hätte.

»Okay«, begann Cole, nachdem sie die Kisten und den angesammelten Trödel zur Seite geräumt hatten. »Was jetzt?«

»Nun, in dem Traum hat sie vibriert und dann Blut gespuckt«, erklärte sie ihm. »Als wäre sie bei einem richtig üblen Zahnarzt gewesen.«

»Im Moment macht sie nichts von beidem«, sagte er. »Was mir durchaus recht ist, wie ich hinzufügen möchte.« Er sah sie mit einem Ausdruck an, den sie nur zu gut kannte. »Ich liebe dich«, erklärte er mit einem Unterton, der »Ich werde immer für dich sorgen« sagte. »Vielleicht war es wirklich nur ein Traum, Phoebe.«

Ich liebe dich auch, dachte sie. Aber was sie sagte war: »Ich erkenne einen Traum, wenn ich einen habe, Cole. Ich träume jetzt schon seit Jahren. Und dies war kein *normaler* Traum. Nenn es ruhig einen Albtraum, nenn es, wie du willst, aber normale Träume sind ganz klar irreal. Dieser jedoch – ich kann nicht anders, als ihn mit einer Vision zu vergleichen. Ich kann *fühlen*, dass er eine tiefere Bedeutung hatte.«

Er zuckte die Schultern. Er hatte nicht vor, mit ihr zu streiten, wenn es klar war, dass keine Hoffnung bestand, die Auseinandersetzung zu gewinnen. »Also gut. Ich schätze, wir sollten uns genauer umsehen. Es würde helfen, wenn wir wüssten, wonach wir suchen sollen« – er warf ihr einen scharfen Blick zu – »aber das ist nicht unbedingt notwendig, nicht wahr?«

Sie fingen mit dem Naheliegendsten an. Sie sahen in alle Schubladen, zogen sie dann heraus und überprüften ihre Rück- und Unterseiten, klopften sie nach Geheimfächern und doppelten Böden ab. Dann untersuchten sie den Rahmen der Kommode und das Furnier, um festzustellen, ob sich darunter unangenehme Geheimnisse verbargen. Schließlich half Cole Phoebe dabei, das schwere Möbelstück von der Wand zu rücken. Sie bemerkten sofort, dass die Rückwand erst nach der Fertigstellung der Kommode befestigt worden war, das Holz war völlig anders, das Furnier weniger abgewetzt und beim ursprünglichen Bau der Kommode waren keine Nägel benutzt worden.

»Nun, das muss ab«, stellte Phoebe fest.

»Das wird Lärm machen«, wandte Cole ein.

»Meinst du wirklich, dass nach dem Krach, den ihr veranstaltet habt, noch irgendjemand schläft?«

Phoebe und Cole fuhren herum und sahen Piper und Leo hinter sich. Piper trug ein langes Baumwollnachthemd, hatte verquollene Augen und wirkte ein wenig mürrisch. Leo machte wie stets einen wachen und fröhlichen Eindruck. »Offenbar brauchen die Toten nicht viel Schlaf«, hatte Piper einmal zu Phoebe gesagt. Sie hatte damals ein wenig neidisch geklungen, weil *sie* Schlaf brauchte und nicht genug davon bekommen hatte.

So wie jetzt etwa.

»Wo ist Paige?«, fragte Phoebe.

»Okay, ich nehme es zurück«, sagte Piper. Sie rieb sich die Wange, als würde sie etwas kitzeln. »Die einzige Hexe, die wahrscheinlich eine nukleare Explosion verschlafen würde, schläft noch immer. Aber sonst niemand. Da ich vermute, dass das hier keine Episode von *Trading Spaces* ist, würde mir vielleicht jemand mal bitte erklären, was hier vor sich geht?«

»Phoebe hatte einen Traum –«, begann Cole.

»Mehr als nur einen Traum«, unterbrach Phoebe. »Einen Traum wie eine Vision. Mächtig.«

»Und du hast geträumt, dass der Dachboden noch nicht chaotisch genug ist und musstest heraufkommen und ihn umräumen? Mitten in der Nacht!«

»Ich habe geträumt«, erwiderte Phoebe, »dass mit dieser Kommode irgendetwas nicht stimmt. Und da ist sie. Jetzt müssen wir diese Rückwand entfernen, und vielleicht finden wir dann heraus, was es ist.«

»Hast du ein Brecheisen, Leo?«, fragte Cole. »Oder einen Tischlerhammer?«

Bevor Leo enthüllt hatte, dass er der *Wächter des Lichts* der *Zauberhaften* ist, hatte er sich als Hausmeister von Halliwell Manor getarnt. Es war, wie Phoebe oft dachte, eine bemerkenswert nützliche Tarnung gewesen, da in diesem Haus immer irgendetwas repariert werden musste.

»Sicher«, nickte er. »Einen Moment.«

Glücklicherweise bewahrte er seinen Werkzeugkasten auf dem Dachboden auf. Er verschwand einen Augenblick hinter irgendwelchen Kisten und kam kurz darauf mit einem Hammer und einem flachen Meißel zurück. »Das sollte genügen«, meinte er. Er ging zu Cole hinter die Kommode, und Phoebe trat zur Seite, um sie in Ruhe arbeiten zu lassen.

Zwei Minuten später war das Furnier entfernt worden und

ein Briefumschlag, der zwischen dem Paneel und der eigentlichen Rückwand der Kommode steckte, fiel heraus. »Seht ihr?«, triumphierte Phoebe und hielt ihn hoch, um ihn Piper zu zeigen.

»Wirst du ihn öffnen?«, fragte Piper. »Oder gehst du davon aus, dass er schlechte Neuigkeiten enthält?«

Sie hatte wahrscheinlich Recht. Ein Traum wie jener, den Phoebe gerade erlebt hatte, kündigte nichts Gutes an. Aber sie war schon zu weit gegangen. Der Umschlag war nicht versiegelt. Sie schob einen Finger unter die Lasche und klappte sie zurück. Im Innern befand sich ein Brief aus vergilbtem Papier, das mit den Jahren brüchig geworden war. Sie überflog ihn eilig. »Es sind schlechte Neuigkeiten«, murmelte sie.

»Was?«, fragte Piper neugierig. »Komm schon, rück raus damit.«

»Er ist – er ist von Tante Agnes. Großtante Agnes«, erwiderte Phoebe.

»Das müsste eher Ururgroßtante heißen, denke ich«, korrigierte Piper sie. »Mindestens.«

Piper wusste über den Familienstammbaum besser Bescheid als Phoebe.

»Und?«

»Und es ist eine Warnung, wie es scheint. Der Brief ist nur an die ›*Zauberhaften*‹ adressiert.«

»Nun, das sind wir. Eine Warnung vor was?«, wollte Piper wissen.

»Hier ist der wichtige Teil«, erklärte Phoebe. Sie begann laut vorzulesen. »›Eine Schwester wird sterben, und eine neue wird ihren Platz einnehmen. Aber die neue Hexe ist keine Verbündete, merkt euch das gut. Eine Verräterin ist sie, und wenn die Familie ihr erst einmal vertraut, wird diese Teufelin die *Macht der Drei* gefährden. Lasst dies nicht zu, sonst werdet ihr aus dem Schutz eurer eigenen Familie gerissen.‹«

Piper schwieg einen Moment und versuchte das Gehörte zu verarbeiten. »Und das sollen wir glauben? Es klingt, als wäre es von einer Zehnjährigen geschrieben worden, die zu viele Geistergeschichten gehört hat. Gehen wir wieder ins Bett, Leo.«

»Aber ...« Phoebe wusste nicht, wie sie fortfahren sollte, denn sie hasste die Gedanken, die sie in eine bestimmte Richtung führten. »Vielleicht war Tante Agnes eine lausige Schreiberin. Aber du musst zugeben, dass das Szenario vertraut klingt, oder?«

»Wenn du dabei an Paige denkst, Phoebe, muss ich dir sagen, dass du völlig falsch liegst.« Piper klang absolut sicher, und das fand Phoebe irgendwie beruhigend. »Paige ist unsere Halbschwester, unsere *richtige* Halbschwester, und mehr ist dazu nicht zu sagen. Sie ist keine Schwindlerin, keine Teufelin, die gekommen ist, um uns ›aus dem Schutz der Familie zu reißen‹. Wenn sie es wäre, würde die *Macht der Drei* nicht funktionieren.«

»Das ist ein guter Einwand«, räumte Phoebe düster ein. »Und ich wünschte, ich könnte so sicher sein, wie du es bist, Piper«, fügte sie hinzu. »Aber ich bin diejenige, die den Traum hatte, verstehst du? Ich wäre nicht hier, wenn es nicht einen Grund dafür gäbe. Und der Traum hat mir das Gefühl vermittelt, dass uns etwas wirklich Böses bedroht. Selbst wenn mit Paige alles in Ordnung ist, könnte irgendetwas anderes nicht stimmen.«

»Nun, vielleicht war Ururgroßtante Agnes nicht ganz bei Sinnen«, schlug Piper vor. »Vielleicht wurde die Kommode von einem bösen Troll gebaut, der zufälligerweise ein guter Tischler war. Wer weiß? Ich weiß nur, dass ich Paige kenne, und sie ist nicht böse.«

»Ich denke auch nicht, dass sie es ist«, stimmte Phoebe zu. Sie war von der Vehemenz von Pipers Reaktion überrascht. Sie hatte geglaubt, dass ihre Schwester sich zumindest ihren Standpunkt anhören oder bereit sein würde, sich mit ihm auseinander zu setzen. Aber Piper lehnte ihre Einwände völlig ab, und das gefiel ihr überhaupt nicht. Je mehr sich Piper weigerte, Phoebes Theorie in Betracht zu ziehen, desto unnachgiebiger hielt Phoebe an ihr fest. Sie fragte Piper nicht einmal, was in sie gefahren war; sie wollte es gar nicht wissen. »Ich glaube ja auch nicht daran. Aber ich weiß, was ich in dem Traum gefühlt habe. Und es war nichts Gutes.«

»Kommst du, Leo?«, fragte Piper kalt. Sie wandte sich bereits der Treppe zu. »Ich habe nicht die Energie, um mit dir darüber zu streiten, und ich verstehe nicht, warum jemand seine Zeit damit verschwenden sollte, an Paige zu zweifeln. Sie hat uns längst bewiesen, dass sie loyal ist.«

»Wir alle mögen Paige«, warf Cole ein. »Aber vielleicht solltest du auf die Schwester hören, die du länger kennst, Piper. Sie hat keinen Grund, Paige wehtun zu wollen. Sie hält sich nur an die Fakten.«

»Es *gibt* keine Fakten«, konterte Leo. »Es gibt nur einen Brief, der wahrscheinlich hundert Jahre alt ist. Nichts deutet darauf hin, dass er sich auf Paige bezieht.«

»Ich sage nur, dass wir unvoreingenommen an die Sache herangehen müssen«, erwiderte Cole. »Bis wir mit Sicherheit wissen, was los ist.«

»Ich sage nur, dass niemand glücklich sein wird, wenn ich nicht zurück ins Bett komme«, erklärte Piper. »Und ich für meinen Teil habe nicht vor, auch nur eine Sekunde an Paiges Loyalität zu dieser Familie zu zweifeln.« Sie wandte sich ab und stieg die Treppe hinunter. Leo zögerte einen Moment, sah zu Phoebe und Cole, zuckte dann die Schultern und folgte ihr.

»Leo hat in einem Punkt Recht«, sagte Cole. »Wir wissen nicht, auf wen sich dieser Brief bezieht und ob er wirklich eine Warnung ist.«

»Wir wissen immerhin, dass wir die *Zauberhaften* sind und dass ich heute Nacht einen Traum hatte«, erwiderte Phoebe. »Ich kann das Gefühl in meinem Bauch nicht ignorieren.« Müde schloss sie die Augen und legte den Brief auf die Kommode. »Ich will Paige nichts unterstellen, Cole. Ich liebe sie, das weißt du. Aber ich weiß auch, was ich gesehen und was ich gefühlt habe.«

Cole legte seine Arme um sie, und sie schmiegte sich an seinen tröstenden Körper. »Aber Piper hat in einer Hinsicht Recht«, sagte er leise. »Wir sollten wieder ins Bett gehen. Wir können uns morgen überlegen, was wir tun sollen.«

»Ja, ich weiß«, erwiderte Phoebe. Aber sie wusste auch, dass es ihr zumindest in dieser Nacht schwer fallen würde, Schlaf zu finden.

2

PIPER WAR MIT DEM GEFÜHL ERWACHT, nicht einen Moment geschlafen zu haben. Nach Phoebes kleinem Ausbruch auf dem Dachboden hatte sie wach gelegen und sich Leos Schnarchen angehört – okay, er hatte nicht richtig geschnarcht, sondern nur lauter geatmet als irgendein anderer Mensch. Phoebe musste sich irren, was Paige anging. Die Tatsache war unbestreitbar, und sie spürte ihren Zorn aufsteigen. Denn wenn Paige eine Art Spionin oder Verräterin wäre, so dachte sie, hätten wir es längst herausgefunden. Aber sie musste zugeben, dass sie Paige noch immer nicht so gut kannte – sicherlich nicht so gut, wie sie Prue gekannt hatte, die schließlich ihr ganzes Leben lang ihre ältere Schwester gewesen war.

Unter der Dusche hatte sich Piper etwas abgekühlt, aber nicht genug. Jetzt saß sie in einem pastellgrünen Baumwolltop und Jeans am Tisch und hielt sich an einer Tasse Kaffee fest, den zu trinken mehr Energie erforderte, als sie in diesem Moment aufbringen konnte. Der Kaffee wurde bereits kalt, und sie überlegte, ob sie nicht aufstehen und ihn zum Aufwärmen in die Mikrowelle stellen sollte. Sie könnte ihn auch mit einer kleinen Dosis ihrer Hexenkraft selbst aufwärmen, indem sie die Moleküle derart beschleunigte, dass sich die laue Flüssigkeit erhitzte. Aber das wäre ein egoistisches Motiv, dachte sie, also ein großes Hexen-Nein. Und so entschied sie sich für die relativ altmodische, doch arbeitsintensivere Option.

Paige und Phoebe waren ebenfalls in der Küche, Paige bestrich gerade ein halbes getoastetes Brötchen mit Butter, und Phoebe rührte wie wild in einem Glaskrug herum, in dem sie soeben aus gefrorenem Konzentrat Orangensaft gemixt hatte. Piper dachte daran, Phoebe zu fragen, ob sie wütend auf den gesamten Staat Florida oder nur auf seine Orangen war, aber sie unterdrückte die Worte. Sie hatte an diesem Morgen keine Lust auf Scherze. Vor allem, da Paige im Raum war.

Sie und Phoebe waren an diesem Morgen vor Paige unten gewesen und hatten nach einer kurzen, gedämpften Diskussion entschieden, ihr nichts von den Ereignissen der vergangenen Nacht auf dem Dachstuhl zu erzählen, zumindest nicht, bis sie die Sache überprüft hatten. Was jedoch an Phoebe hängen blieb, da Piper den Brief nicht einmal eines zweiten Blickes würdigen wollte.

Aber Paige schien die Spannung im Raum zu spüren und machte einen Versuch, sie zu mildern. »Ich habe mir überlegt, heute in der Mittagspause zu *Macy's* zu gehen«, sagte sie. Sie trug einen kurzen roten Rock und ein Reyontop mit V-Ausschnitt. »Es findet dort ein Sonderverkauf zur Feier ihres zweijährigen Jubiläums statt. Will jemand mitkommen?« Als niemand antwortete, fuhr Paige fort: »Was ist? Habe ich eine Beerdigung versäumt? Was ist mit euch beiden heute Morgen los?«

»Ich bin nur müde«, antwortete Piper, wobei sie Mühe hatte, sie nicht anzufauchen. Sie nahm ihre Kaffeetasse aus der Mikrowelle und warf Phoebe einen giftigen Blick zu. »Nicht genug Schlaf.«

»Du könntest etwas von diesem Kaffee trinken, statt nur mit ihm herumzuspazieren«, meinte Paige.

»An manchen Morgen gibt es einfach nicht genug Kaffee auf der Welt«, murmelte Phoebe. Sie sah so müde aus, wie sich Piper fühlte, und war zum Frühstück bloß in einen abgetragenen Pullover geschlüpft.

»Jesses, Leute«, rief Paige und klang dabei besorgt. »Ihr seid richtig griesgrämig.«

»Tut mir Leid«, erwiderte Piper. Sie trug ihren aufgewärmten Kaffee zum Tisch und setzte sich mit dem Rücken zu ihren Schwestern.

Doch Paige war nicht bereit, es dabei bewenden zu lassen. »Ich weiß nicht, was mit euch los ist«, sagte sie. »Habe ich irgendetwas angestellt?«

»Niemand ist wütend auf dich«, erklärte Phoebe.

»Klar. Und wir sind keine Frauen.«

»Paige«, begann Piper, ohne auch nur ihr Gesicht in ihre Richtung zu drehen. »Wir sind heute Morgen alle ein wenig gereizt. Können wir das Thema bitte fallen lassen? Okay?«

»Wie du willst«, murmelte Paige, aber ihr Tonfall verriet ihre Verzweiflung. Sie wickelte ihr Brötchen in eine Serviette und trug es zur Tür. »Ich komme sowieso zu spät zur Arbeit. Bis dann.« Sie ging hinaus und schlug die Haustür hinter sich zu.

»Du kannst ihr nicht vorwerfen, dass sie Fragen stellt«, sagte Phoebe.

»Du bist diejenige, die ihr misstraut«, konterte Piper.

»Ich misstraue ihr nicht. Ich bin nur wegen der Vision besorgt. Wenn du sie gehabt hättest, wärest du auch besorgt.«

»Jetzt ist es also eine Vision?«, fragte Piper. »Ich dachte, gestern Nacht war es ein Traum.«

»Traum, Vision, was auch immer. Sie kam, während ich schlief, und hatte die Logik eines Traumes, was nicht viel heißen will. Aber der Traum hatte die Macht und Klarheit einer Vision. Und sie führte uns zu diesem Brief, das kannst du nicht abstreiten. Das ist der Hauptgrund, warum ich mich damit beschäftige. Der Brief war wirklich da.«

Piper nippte an ihrem Kaffee und ignorierte Phoebe. Sie wusste, dass die Fortführung des Streites zum Teil ihre Schuld war. Sie hatte den festen, unerschütterlichen Standpunkt eingenommen, dass Paige vertrauenswürdig war, ganz gleich, was die Vision besagte. Und jedes Mal, wenn Phoebe sie jetzt zu überzeugen versuchte, dass der Brief vielleicht eine Bedeutung hatte, wurde Piper immer störrischer. Aber Phoebe bedrängte sie weiter. Im Moment waren beide so verbohrt, dass sie nicht einmal miteinander reden konnten, um die Pattsituation zu überwinden. Irgendetwas an der Art, wie sie ihre Standpunkte gewählt hatten und sich an sie klammerten, fühlte sich seltsam falsch an. Aber sie konnte nicht genau sagen, was es war, und schließlich entschied sie, dass es daran lag, dass Phoebe sich so offensichtlich irrte.

»Ich gehe nach oben«, erklärte Phoebe nach einem Moment, »und sehe nach, ob uns das *Buch der Schatten* irgendetwas über die gute alte Ururgroßtante Agnes verraten kann.«

»Mach das«, nickte Piper. Sie hörte, wie sich Phoebes Schritte auf der Treppe entfernten, und fühlte sich zutiefst erleichtert, allein zu sein.

Die Erleichterung hielt nur drei Minuten an, in denen sie erkannte, dass sie nur weiter über den Streit grübeln würde, wenn sie nicht etwas unternahm, um sich abzulenken. Sie ging ins Nebenzimmer und schaltete die morgendlichen Lokalnachrichten ein. Eigentlich herrschte kein Mangel an schlechten Neuigkeiten in ihrem Leben – stets waren Unschuldige in Not und lagen Dämonen auf der Lauer, um den niemals endenden Kampf Gut gegen Böse weiterzuführen –, und so war es mehr als überflüssig, sich noch mehr schlechte Nachrichten im Fernsehen anzuschauen. Sie ließ sich auf das Sofa mit dem Blumenmuster fallen, stellte ihren Kaffee auf den Tisch und drückte den Einschaltknopf an der Fernbedienung.

Als der Bildschirm flackernd zum Leben erwachte, flimmerte der Werbespot einer Telefongesellschaft über die Mattscheibe. Er zeigte einen Mann, der die Definition des Wortes Komödiant bis an die Schmerzgrenze belastete. Piper ertappte sich bei dem Wunsch, ihn eliminieren zu dürfen. Schließlich, sagte sie sich, beleidigt er die Intelligenz und den guten Geschmack jedes Unschuldigen, der den Fehler gemacht hat, diesen Sender einzuschalten.

In einem Lichtschimmer erschien Leo neben ihr auf der Couch. »Ich liebe diesen Kerl«, erklärte er mit einem leisen Lachen. Piper fixierte ihn mit einem stählernen Blick, entschied aber, das Thema nicht weiterzuverfolgen. Gnädigerweise endete der Werbespot.

»Wo kommst du her?«, fragte sie ihn.

Leo hob seine Augen zur Decke.

»*Wächter-des-Lichts*-Angelegenheiten?«, hakte sie nach.

»Ich schätze, damit bist du vierundzwanzig Stunden am Tag, sieben Tage die Woche beschäftigt?«

»Nein, ich war oben«, antwortete er.

»Was, die Treppe ist dir nicht mehr gut genug?«

»Es gibt so viele Spannungen in diesem Haus, dass ich Phoebe oder Cole lieber nicht über den Weg laufen wollte«, antwortete er. »Ihr müsst diese Sache klären. Und zwar bald. Wieso ist es so schnell so schlimm geworden?«

Piper zuckte die Schultern und seufzte laut. »Ich weiß es nicht«, gestand sie. »Ich schätze, es ist einfach so. Aber wir werden darüber hinwegkommen. Wir streiten uns selten länger als ein paar Tage. Es wird bald vorbei sein.«

»Früher ist besser als später. Man weiß nie, wann ihr wieder zusammenarbeiten müsst.«

Sie warf ihm einen weiteren vernichtenden Blick zu. »Ich weiß.« Zum Glück wurde ihre Aufmerksamkeit in dem Moment von dem Fernseher abgelenkt. Was eine gute Sache war, weil sie ihn doch eingeschaltet hatte, um ein paar Minuten lang ihre Schwestern zu vergessen.

»... gestern Abend in Nob Nill erstochen«, sagte die sorgfältig frisierte Nachrichtensprecherin. Ein Film wurde eingeblendet, der gestern Nacht aufgenommen worden war und einen in grelles Licht getauchten abgesperrten Teil eines Bürgersteigs zeigte, wo Polizeitechniker nach Spuren suchten. »Vieles deutet auf das Werk eines Serienmörders hin. Die Frau scheint auf dieselbe Weise ermordet worden zu sein wie die beiden früheren Opfer, die in den letzten Tagen entdeckt wurden. Die Polizei hat noch immer keine Spuren und Hinweise auf den Täter, der Julia Tilton, Sharlene Wells und Gretchen Winter mutmaßlich ermordet hat. Die Gründe für die Taten liegen ebenfalls im Dunkeln.«

»›Mutmaßlich ermordet‹«, wiederholte Piper. »Da sie erstochen wurden, gehe ich mit Sicherheit davon aus, dass sie *definitiv* ermordet wurden.«

»Im Tenderloin District wurde gestern Nacht ebenfalls eine grausige Entdeckung gemacht«, fuhr die Nachrichtensprecherin im ernsten Tonfall fort. Das Bild veränderte sich erneut und zeigte Ermittler in Overalls, Staubmasken und Schutzbrillen, die braune Knochen aus der Erde bargen. »Nachdem eine Rohrverstopfung zur Überflutung eines Apartmentgebäudes aus dem neunzehnten Jahrhundert führte, wurden fast drei Dutzend menschliche Skelette unter einem Kellerboden gefunden. Die Ermittler setzen noch immer die Knochenfragmente zusammen, um die genaue Zahl der Opfer und ihre Identität zu bestimmen. Die Knochen scheinen mindestens hundert Jahre alt zu sein, vielleicht sogar noch älter. Wir werden Sie auf dem Laufenden halten, sobald weitere Informationen freigegeben werden.«

»Iiih«, machte Piper. »Wer würde einen Haufen Leute unter seinem Apartmentgebäude vergraben?«

»Niemand, der sich an das Gesetz hält«, erwiderte Leo. »Sofern die damaligen Bestattungsbräuche nicht von den heutigen abweichen. Ich würde sagen, sie untersuchen den Tatort eines hundert Jahre alten Massenmordes.«

Piper war einen Moment lang still. Ihre Stimmung, die ohnehin nicht besonders gut gewesen war, wurde durch die beiden Nachrichten noch weiter gedämpft. »Ich schätze, es gab auch damals schon Serienmörder«, überlegte sie. »Jack the Ripper, oder?«

»Es gab einige«, bestätigte Leo. »Er war der berüchtigste, aber es gab auch andere. H.H. Holmes in Chicago. Selbst auf John Wesley Hardin, den alten Western-Revolverhelden, würde die Definition zutreffen, die wir jetzt benutzen. Aber ...« Er brach ab.

Piper versetzte ihm einen Rippenstoß. »Aber?«

»Ich weiß nicht«, sagte er ernst. »Es ist nur ein Gefühl, das ich bei diesen Fernsehbildern bekommen habe, doch ich bin mir ziemlich sicher, dass dort etwas Nichtmenschliches am Werk war.«

»Ein Job für die *Zauberhaften*?«

Leo nickte bedächtig. »Es könnte sein. Ich denke, wir müssen uns diese Sache genauer ansehen.«

Großartig, dachte Piper. Ich schätze, meine Schwestern und ich werden zusammenarbeiten müssen, ob es uns nun gefällt oder nicht. Sie sah Leo an. Und woher, fragte sie sich, weiß er derart unheimliche Dinge?

Das *Buch der Schatten* war ein erstaunliches, manchmal aber auch frustrierendes Werk. Fast alles, was die Halliwell-Hexen jemals brauchen würden, um ihren ewigen Kampf gegen die Finsternis zu führen, war auf diesen Seiten enthalten. Aber es war nie ein und dasselbe Buch, und eine wichtige Information in ihm zu finden, konnte eine ziemliche Herausforderung sein. Manchmal schlug sich das Buch von allein auf und offenbarte die notwendige Seite von selbst, ein anders Mal blieb es verschlossen, und die Suche nach einem bestimmten Eintrag war gleich bedeutend mit der sprichwörtlichen Suche nach der Nadel im Heuhaufen.

Als sie den dicken Lederwälzer hier auf dem Dachboden entdeckt und die Beschwörungsformel gelesen hatte, durch die die *Macht der Drei* in ihr und ihren Schwestern geweckt worden war, hatte Phoebe große Angst bekommen. Das unerwartete Auftauchen des Geistes einer Vorfahrin, Melinda Warren, die vor hunderten von Jahren auf dem Scheiterhaufen verbrannt worden war, hatte ihr Entsetzen nur noch verstärkt. Aber inzwischen hatte sie sich an ihre Kräfte gewöhnt und vor allem in den dunklen Tagen nach Prues Tod in dem Buch Trost gefunden. Manchmal schien es so, dass Phoebe als die jüngste Schwester – obwohl diese Rolle inzwischen Paige übernommen hatte, da sie sowohl vom Alter als auch von ihrer Erfahrung her die jüngste war – am meisten in der Tradition der Halliwell-Schwestern geborgen war. Das gedämpfte Licht, das durch die Buntglasfenster fiel, das vertraute braune Lederbuch mit dem goldenen Aufdruck auf der Vorderseite, die drei ineinander verschlungenen Bögen, die einen Ring ergaben und sogar der modrige Geruch des alten Trödels aus der Vergangenheit wirkte auf sie beruhigend.

Als Phoebe im *Buch der Schatten* blätterte, fand sie keine Einträge über ihre Ururgroßtante Agnes. Obwohl das Buch vor allem Zaubersprüche enthielt, hatten die Schwestern von Zeit zu Zeit auch Bruchstücke der Familiengeschichte in ihm entdeckt. Als Phoebe nun Seite um Seite umblätterte und nichts fand außer einigen flüchtigen Hinweisen, war sie enttäuscht. Es schien, als wäre Agnes aus dem Buch ausradiert worden.

Phoebe musste einen Zauber aussprechen, damit wenigstens ein paar konkrete Informationen erschienen:

Seiten hier
Und Seiten dort
Zeigt Tante Agnes Vergangenheit
Wort für Wort.

Das *Buch der Schatten* leuchtete kurz auf, die Blätter raschelten, und dann öffnete es sich und zeigte eine Seite, von der Phoebe sicher war, dass sie vorher nicht existiert hatte. Es war ein Tagebucheintrag von einer ihr völlig unbekannten Verwandten, Philippa Halliwell. Die Handschrift war altmodisch und schwer zu lesen, aber das war auch bei Agnes' Brief der Fall gewesen. Phoebe arbeitete sich hindurch. Am Ende der Seite fand sie den Hinweis, nach dem sie gesucht hatte.

»Agnes kam zum ersten Mal seit dem Tag, an dem sie sich gegen uns gestellt hat, wieder ins Haus. Wir waren höflich, da sie immer noch zur Familie gehörte, aber nicht mehr als höflich. Sie hat die Halliwell-Familie entehrt, und es gibt viele unter uns, die nicht bereit sind, ihr zu vergeben, und es auch nie sein werden. Wie die Redensart schon sagt, Agnes hat sich ihr Bett selbst gemacht. Ob es ihr gefällt, darin zu liegen, ist für uns nicht von Belang.«

Phoebe schloss das Buch. Das ist alles?, fragte sie sich. Der einzige Hinweis auf Ururgroßtante Agnes, den das *Buch der Schatten* geben kann? Er ist völlig nutzlos.

Die alte Agnes hatte sich also mit dem Rest der Familie zerstritten. Das war gut zu wissen, dachte Phoebe, aber es erklärte die Warnung nicht, die Agnes an der Rückseite der alten Kommode versteckt hatte. In gewisser Hinsicht stärkte es vielleicht sogar Pipers Standpunkt. Wenn Agnes eine Art Unruhestifterin gewesen war, dann war die Warnung womöglich ein Täuschungsmanöver. Oder hatte vielleicht mit dem zu tun, was den Zorn der Familie auflodern ließ. In diesem Fall war der Brief nicht mehr als ein historisches Dokument. Ihr kam der Gedanke, Agnes selbst zu beschwören, aber sie entschied sich sofort dagegen. Wenn das Zerwürfnis zwischen Agnes und den anderen Halliwells ernst genug gewesen war, beschwor sie damit vielleicht eine Katastrophe herauf.

Phoebe setzte sich auf den Boden der Dachkammer und fühlte sich einsam und verloren. Es hatte eine Zeit gegeben, in der Piper die Friedensstifterin gewesen war und sich eingemischt hatte, wenn Phoebe und Prue zerstritten waren, was, wie sie zugeben musste, häufig der Fall gewesen war. Aber jetzt war Piper das Problem, und da Paige ihr Streitpunkt war, gab es keine Schwester mehr, mit der sie reden konnte. Cole hatte sich auf ihre Seite geschlagen, doch er war ihr Ehemann. Sie brauchte jemanden zum Reden, der nicht voreingenommen war, doch da war niemand. Sie musste mit dieser Sache allein zurechtkommen.

Im Sozialdienstbüro war Bob Cowan, Paiges Chef, mit seinen Stimmungsschwankungen beschäftigt. Es gab Tage, und dieser schien einer von ihnen zu sein, an denen Paige dachte, dass er selbst einen Sozialarbeiter gebrauchen konnte, vorzugsweise einen, der ihn zur Teilnahme an einem Wutmanagementprogramm zwang. Vielleicht braucht man ein leicht aufbrausendes Temperament und die Fähigkeit zu grollen, um die Position eines Chefs auszufüllen. Diese Mischung aus Unausstehlichkeit, Herablassung und Anmaßung, um die Leute so zu behandeln, als wären sie dein persönlicher Besitz und dir ewig verpflichtet.

Zumindest Mr. Cowan glaubte dies. Er schien sich selbst für einen Feudalherrn zu halten, der seine Mitarbeiter als persönliche Leibeigene ansah. Sie hatte keine Zweifel, dass er, wenn es erlaubt gewesen wäre, Stockhiebe verteilen und sogar den Tod durch die Guillotine verantworten würde als legitime Formen der Bestrafung für Verbrechen wie das falsche Ausfüllen von Formularen, den verschwenderischen Umgang mit Büroklammern oder den demonstrativen Mangel an Demut.

Vielleicht beurteilte Paige den knurrigen Verweis, den er ihr vor fast vierzig Minuten erteilt hatte, etwas zu hart. Denn um fair zu sein, musste sie sich eingestehen, dass sie vergessen hatte, einen Eintrag in seinem Terminkalender zu machen. Und so geschah es, dass zwei Familien, die gleichermaßen in Not waren, zur selben Zeit im Büro aufgetaucht waren und erwartet hatten, sich mit Mr. Cowan zusammensetzen zu können.

Das Gute an Mr. Cowan war – die Eigenschaft, die dafür sorgte, dass Paige weiter für ihn arbeitete, statt dem Büro den Rücken zuzukehren und einen neuen Job zu suchen, vielleicht sogar einen, der genug einbrachte, um in San Francisco einigermaßen anständig zu leben –, dass er nicht nur über die Mittel und Wege verfügte, den Menschen zu helfen, sondern auch die Entschlossenheit besaß, es unter allen Umständen durchzusetzen. Er war manchmal ein Tyrann, aber die Arbeit beim Sozialdienst war für Paige trotzdem befriedigend. Hin und wieder brauchten die Leute nur eine helfende Hand, einen Stoß in die richtige Richtung, ein wenig Anleitung. Es war nicht ihre Schuld, dass das Glück sich gegen sie gewendet hatte, dass sie sich auf der falschen Seite des Grabens befanden. Ganz gleich, wie wütend Paige auf Bob Cowan war, seinen Einsatz für die sozial Schwachen dieser Stadt musste sie respektieren.

Jedenfalls wusste sie, dass sie heute im Grunde auf ihre

Halbschwestern wütend war und diese Verärgerung auf alle anderen projizierte, vor allem auf Cowan. Sie wusste nicht, was heute Morgen im Haus vorgegangen war, doch es war klar, dass es etwas mit ihr zu tun hatte. Die gezwungene Freundlichkeit, mit der Phoebe und Piper sie behandelt hatten, während sie sich die ganze Zeit vernichtende Blicke zuwarfen, ... zweifellos nagte irgendetwas an den Halliwell-Schwestern. Auch ihre jeweiligen Männer, Leo und Cole, hatten sich den ganzen Morgen über äußerst rar gemacht. Warum konnten sie nicht einfach herunterkommen und mit mir darüber reden?, fragte sie sich. Es ist schließlich nicht so, dass ich schwer zu finden bin, nicht wahr?

Nein, sie hatten keine Probleme, mit ihr zu reden – besonders wenn es darum ging, dass sie irgendetwas machte, was sie nervte. Also handelte es sich diesmal nicht um etwas so Simples wie eine schlechte Angewohnheit. Es musste wirklich schwer wiegend sein.

Deshalb war es umso wichtiger, es anzusprechen, dachte sie, statt um den heißen Brei herumzureden und allen die Laune zu verderben.

Je mehr sie darüber nachdachte, desto mehr verdüsterte sich ihre Miene. Sie ertappte sich dabei, dass sie die Mittagspause herbeisehnte, nicht nur, weil sie die Zeit damit verbringen wollte, sich Kleider anzusehen, die sie sich nicht leisten konnte, sondern weil sie dann an einem Ort sein konnte, wo, wenn sie schon jemandem den Kopf abriss, es zumindest der eines Fremden und nicht der eines Kollegen sein würde.

Im Moment war sie schon damit zufrieden.

3

»ICH MUSS ES IHR SAGEN, Cole«, beharrte Phoebe. Sie waren in ihrem Zimmer, wo ihr Freund, der Ex-Dämon, auf sie gewartet hatte. Cole war hoch gewachsen, dunkelhaarig und überaus gut aussehend, und obwohl sie ein Problem mit der Tatsache hatte, dass es eine Zeit gegeben hatte, in der er sich im Handumdrehen in Belthazor verwandeln konnte und die Halliwell-Schwestern töten wollte, musste sie zugeben, dass sein Böse-Jungen-Charme äußerst attraktiv war. Solange er nicht *zu* böse wurde.

»Ihr was sagen?«, fragte er, während er vor dem Bett, auf dem Phoebe saß, auf und ab ging. »Ich dachte, du hast nichts herausgefunden.«

»Fast nichts«, eröffnete ihm Phoebe. »Aber das an sich verrät uns etwas, richtig? Wenn die alte Agnes bei ihrer Familie so verhasst war, dass es im *Buch der Schatten* fast keine Hinweise auf sie gibt, ist auch das eine wichtige Information.«

»Vielleicht eine bedeutsame Nicht-Information«, murmelte Cole. »Das ist nicht unbedingt etwas, das ich als hilfreich bezeichnen würde. Aber wenn du es Piper sagen willst, nur zu. Sie ist deine Schwester. Sei nur nicht überrascht, wenn sie sich nicht begeistert zeigt.«

»Piper ist nicht so, Cole«, erwiderte sie. »Wenigstens nicht immer. Aber ich schätze, heute ist alles möglich.«

Cole zuckte nur die Schultern.

»Ha!«, lachte Piper. »Da siehst du's.«

Phoebe und Cole hatten Piper und Leo unten in der Küche gefunden, wo sie über etwas sprachen, das wichtig zu sein schien, aber ihnen nicht anvertraut wurde. Phoebe erzählte ihnen, was sie aus dem *Buch der Schatten* erfahren hatte, nämlich dass Ururgroßtante Agnes die Familie gegen sich aufgebracht hatte, und dass aus dem Buch nicht hervorging, wie die Sache ausgegangen war. Phoebe gestand sogar, dass sie Magie eingesetzt hatte, um wenigstens an diese Informationsbruchstücke zu gelangen.

Nun musste sie zugeben, dass Cole Pipers Reaktion richtig vorhergesehen hatte.

»Ich schätze, das macht deine Theorie zunichte, nicht wahr?«, fragte Piper. »Ich meine, wenn von uns erwartet wird, die Warnung ernst zu nehmen, dann wäre sie doch von jemandem gekommen, der etwas vertrauenswürdiger ist, meinst du nicht auch?«

»Wir können aber auch nicht mit Bestimmtheit sagen, dass sie nicht vertrauenswürdig ist«, erwiderte Phoebe schwach. Ihr dämmerte, wie lahm das klang.

»Nein, weil damals wahrscheinlich der Rest der Halliwells böse und Agnes die einzig Gute war. Hör zu, Phoebe, wenn sich die Familie gegen sie gewendet hat, dann muss sie etwas Schlimmes getan haben. Etwas richtig Schlimmes. Und wenn sie wirklich böse war, dann verstehe ich nicht, wie wir ihrer Behauptung vertrauen können, selbst wenn wir uns darauf einigen *könnten*, dass ihre Warnung sich auf Paige bezieht, was absolut unklar ist.«

»Ich verstehe deinen Standpunkt, Piper, ehrlich.« Phoebe drehte einen der Küchenstühle um und setzte sich. »Du weißt, dass ich Paige von Anfang an in dieser Familie willkommen geheißen habe.«

»Gegen meinen Rat«, warf Cole ein.

»Nun, du warst damals nicht unbedingt die zuverlässigste Quelle«, stellte Leo fest. Zu behaupten, dass Cole und Paige sich nicht sofort angefreundet hatten, war eine Untertreibung.

»Wir alle haben Paige akzeptiert«, erklärte Piper. »Deshalb halte ich es für keine gute Idee, jetzt davon abzurücken.«

»Das ist nicht fair!«, rief Phoebe. »Du weißt, dass ich das damit nicht sagen will. Ich sage nur, dass etwas mich aufgefordert hat, nach dieser Kommode zu sehen. Ich tat es, und wir haben dort den Brief gefunden. Diese Dinge passieren nicht, Piper, wenn es keinen Grund dafür gibt. Du weißt, dass es so nicht funktioniert. Wir sollten die Sache einfach etwas gründlicher untersuchen, das ist alles.«

»Großtante Agnes ist schon seit ... ich weiß nicht ... Jahrzehnten tot, oder? Wir haben vorher noch nie von ihr gehört, und das aus gutem Grund, wie mir scheint. Warum sollen wir an unserer eigenen Halbschwester zweifeln, nur weil sie vor wer weiß wie langer Zeit irgendetwas geschrieben und versteckt hat? Das ist längst Geschichte, Phoebe. Vergiss es.«

Phoebe spürte Pipers Worte wie ein Messer in ihrem Herzen. Es fiel ihr schon schwer genug, auch nur anzudeuten, dass Paige vielleicht nicht völlig vertrauenswürdig war. Sie fühlte sich unglaublich schuldig, weil sie das Thema wieder zur Sprache gebracht hatte. Aber je mehr Piper die Möglichkeit ablehnte, desto mehr war sie davon überzeugt, dass irgendetwas dahinter steckte. Paige war praktisch aus dem Nichts aufgetaucht, und sie hatten sie aufgenommen, weil sie ihre Halbschwester war. Aber vielleicht hatte jemand die Schwestern nur in Sicherheit wiegen wollen, um die *Macht der Drei* zu zerstören.

»Piper hat Recht, Phoebe«, fügte Leo mit Nachdruck hinzu. »Ich würde es wissen, wenn Paige etwas anderes wäre als das, was sie behauptet zu sein. Sie ist die Tochter deiner Mutter mit einem *Wächter des Lichts* als Vater. Ich kann das in ihr sehen.«

»Was nichts bedeutet. Denn schließlich gab es eine Zeit, in der du den Dämon in mir nicht gesehen hast«, wandte Cole ein.

»Vielleicht wollte ich ihn nicht sehen«, fauchte Leo. »Vielleicht wollte ich den Eindrücken von Piper und ihren Schwestern vertrauen.«

»Und das willst du jetzt nicht?«, fragte Cole.

Leo stand von seinem Platz am Küchentisch auf. Ein selten finsterer Ausdruck verdüsterte sein Gesicht. Phoebe wusste, dass Cole mit seinem bösen Hintergrund eher der finstere Typ war und Leo normalerweise der Sonnenschein.

»Ich habe noch immer Vertrauen zu Piper und ihrer Schwester. Ich habe nur einige Schwierigkeiten mit der anderen.«

»Könnte es darin liegen, dass dein Vertrauen davon abhängt, wen du am meisten magst, und nicht von den Beweisen?«, stichelte Cole. Er ging in der Küche auf und ab, wie er es während seiner Zeit als Anwalt im Gerichtssaal getan hatte. »Als Staatsanwalt musste ich die ganze Zeit dagegen ankämpfen. Angeklagte tun ihr Bestes, sympathisch zu wirken, um die Geschworenen auf ihre Seite zu ziehen. Aber dies hier könnte wichtig sein, Leo, richtig wichtig. Du musst deine Voreingenommenheit vergessen und dir die Fakten ansehen.«

»Fakt ist, dass Phoebe nichts in der Hand hat.«

»Das stimmt nicht!«, stieß Phoebe hervor und schlug mit der Handfläche auf die Tischplatte. Sie musste Tränen der Frustration und des Zornes wegblinzeln. »Ich hatte eine *Vorahnung*, okay? Sie führte mich zu dieser Kommode, die wir alle Millionen Mal gesehen, aber nie auch nur im Geringsten beachtet haben. Und es war eine derart mächtige Vision, dass ich sie einfach nicht ignorieren konnte. Ich habe Cole geweckt, und wir gingen nach oben und haben die Kommode auf der Stelle auseinander genommen.«

»Ich weiß«, sagte Piper. »Ich erinnere mich noch gut daran, von all dem Krach geweckt worden zu sein, den ihr gemacht habt. Aber es war keine Vorahnung, wie du zu der Zeit behauptet hast. Es war ein *Traum*.«

»Was auch immer«, erwiderte Phoebe. »Denkst du, ich hätte das Bett verlassen, wenn ich nicht das Gefühl gehabt hätte, dass es wichtig ist?«

»Wahrscheinlich nicht«, räumte Piper ein.

»Definitiv nicht. Und der Brief war dort, und er war real. Er ist jetzt in meinem Zimmer. Du kannst ihn lesen, wenn du willst. Tante Agnes war real – vielleicht nicht beliebt, aber real. Und deshalb ist die Möglichkeit, dass Paige vielleicht nicht so vertrauenswürdig ist, wie wir meinen, ebenfalls real.«

»Gut gesprochen«, nickte Cole. Er sah Leo und Piper an, wie beide dastanden und leicht erschüttert wirkten. »Und das Urteil der Geschworenen?«

Piper wollte antworten, doch Leo legte eine Hand auf ihre Schulter, brachte sie zum Schweigen und ergriff selbst das Wort. »Die Geschworenen ziehen sich zur Beratung zurück. Ihr seid hereingekommen, als wir gerade gehen wollten. Wir haben euch so viel Zeit gegeben, wie wir konnten, aber jetzt müssen wir wirklich weg. Wir können uns zu einem anderen Zeitpunkt weiter darüber unterhalten.«

Bevor Cole oder Phoebe protestieren konnten, erschien ein Wirbel aus glitzernden Lichtern, wie Funken, die von einem Lagerfeuer aufstiegen und erloschen, und Leo und Piper waren verschwunden.

»Nun, das war unhöflich«, entschied Phoebe.

Cole brummte nur, setzte sich wieder an den Tisch und rieb seine rechte Faust mit seiner linken Hand, als wollte er jemanden schlagen.

Wahrscheinlich, dachte Phoebe, will er das auch.

Piper und Leo tauchten an dem Tatort wieder auf, von dem die Morgennachrichten berichtet hatten. Das alte Gebäude war mit gelbem Polizeiabsperrband gesichert, um die Schaulustigen zurückzuhalten. Mehrere Streifenwagen und Polizeitransporter parkten in der Umgebung. Uniformierte Cops blickten gelangweilt drein, schwatzten miteinander oder standen mit verschränkten Armen herum und starrten ins Leere. Piper musterte eilig die Gesichter, ob jemand sie beim Materialisieren beobachtet hatte. Es schien nicht der Fall zu sein, und das war gut so. Leo hatte zwar die Fähigkeit, die Erinnerung der Menschen auszulöschen, aber das war schwer zu kontrollieren, und es konnte sein, dass sie dann auch andere, wichtigere Dinge vergaßen wie den Geburtstag ihrer Frau oder ihren eigenen Namen.

Sie war nicht gern verschwunden, ohne Phoebe von ihrem Vorhaben zu unterrichten, aber bis jetzt wussten sie nicht, ob hier wirklich etwas Übernatürliches vor sich ging. Sie hatten nur Leos Ahnung, und angesichts ihrer Auseinandersetzung wollte sie ihren Schwestern noch lieber nichts davon verraten.

Das dreistöckige Gebäude war ein massiver roter Sandsteinbau aus dem neunzehnten Jahrhundert. Im Erdgeschoss waren einige Geschäfte, während die oberen Stockwerke aus Apartments bestanden. Nebenan, hügelaufwärts gelegen, befand sich ein Schindelhaus, das gründlich renoviert wurde. Ein Gerüst lehnte an der Außenwand, und die Farbe war von der Fassade entfernt worden. Fenster und Zierleisten hatte man für den Neuanstrich abgedeckt.

Piper bemerkte mit einer Grimasse, wie eine Prozession von Männern und Frauen verschlossene Leichensäcke aus einer breiten Doppeltür des Sandsteingebäudes zu den wartenden Transportern schleppte.

»Es wird das Gates Mansion genannt«, sagte eine Stimme hinter ihnen. Sie drehten sich um und sahen Darryl Morris, einen Detective vom SFPD und einer der wenigen Sterblichen, die wussten, dass die Halliwell-Schwestern Hexen waren. Piper hatte ihn immer für einen gut aussehenden Mann gehalten, und das hellblaue Hemd, das er unter einem marineblauen Anzug trug, bildete einen hübschen Kontrast zu seiner dunklen Haut. Aber es war für heute die falsche Kleidung. Die Hose war unterhalb der Knie fleckig und schmutzig. Er wäre mit Jeans oder einem Overall, wie sie die Arbeiter trugen, die die Leichensäcke schleppten, besser bedient gewesen. »Nach Herman Gates, einem Unternehmer aus dem neunzehnten Jahrhundert. Es hat nichts mit Bill zu tun. Er hat das Haus 1884 errichten lassen. Damals waren unten eine Arztpraxis und eine Apotheke und oben Apartments. Er wohnte in einem Flügel und hatte den Rest vermietet, eine Methode, die ihn reich gemacht hat. Es ist eins der ältesten Gebäude in der Stadt und eins der wenigen, die das Erdbeben im Jahr 1906 überstanden haben.«

Jeder Bewohner von San Francisco wusste über das Erdbeben Bescheid, ebenso die meisten anderen Amerikaner. Es hatte einen großen Teil der Stadt vernichtet, und die Feuer, die in seiner Folge ausgebrochen und außer Kontrolle geraten waren, weil die Wasserversorgung der Stadt von dem Erdbeben unterbrochen worden war, erledigte den Rest. Obwohl die Stadt schon seit der Mitte des neunzehnten Jahrhunderts existierte, waren die meisten der derzeitigen Gebäude nach dem Jahr 1906 erbaut worden.

»Es sieht irgendwie unheimlich aus«, bemerkte Piper.

»Sagte die Lady, die in einem Hexenhaus lebt«, erwiderte Darryl.

»Aber wir sind keine bösen Hexen. Sondern gute Hexen.«

»Die besten«, fügte Leo hinzu.

Sie lehnte sich an ihn und genoss seine tröstende Wärme und seinen Geruch. »Danke.«

»Habt ihr ein berufliches Interesse an dem Gebäude?«, fragte Darryl. »Oder ist es nur morbide Neugierde?«

»Wir haben in unserem Alltag genug *Morbides*, um nicht allzu neugierig zu sein«, antwortete Piper.

»Nur eine Ahnung«, fügte Leo hinzu. »Etwas kam mir merkwürdig vor, als ich den Bericht im Fernsehen gesehen habe.«

»Wollt ihr euch umschauen?«, fragte Darryl.

Das war natürlich genau das Angebot, auf das Piper gewartet hatte. »Können wir, Darryl?«

»Ich denke, an diesem Tatort arbeiten so viele Leute, dass es niemandem auffallen wird, wenn sich ein paar mehr hier herumtreiben, vor allem, wenn sie in meiner Begleitung sind. Kommt mit.« Darryl hob das Polizeiabsperrband, und sie schlüpften unter ihm hindurch.

Als Leo wieder das Wort ergriff, während sie darauf warteten, dass einige Techniker mit einem weiteren Leichensack in den Händen durch die Tür kamen, war seine Stimme leise und ernst. »Was ist hier passiert, Darryl?«

Darryl nickte dem Nachbargebäude zu. »Dieses Schindelhaus wird gerade renoviert«, erwiderte er. Letzte Woche waren die Klempner hier, und die Rohre, an denen sie arbeiteten, brachen – wahrscheinlich waren es noch die Originalleitungen des Hauses. Das Wasser strömte heraus und floss den Hügel hinunter in das Gates-Gebäude. Das, wie ich schon sagte, ein historisches Wahrzeichen ist.«

Als der Eingang frei war, führte Darryl sie hinein. Der Flur war überraschend klein, wenn man die Größe des Hauses bedachte. Doch da das Gebäude mehreren Zwecken gedient hatte, war es wahrscheinlich, dass Mr. Gates nicht viel Raum für einen großen Flur hatte opfern wollen. Piper konnte sehen, dass der Marmorboden zerkratzt und schmutzig war.

»Als Gates 1897 starb, wurde der Flügel, den er bewohnt hatte, in Apartments umgewandelt, ebenso der Keller, auf dessen Bau er bestanden hatte, weil er aus dem Mittelwesten kam, wo Tornados eine ernstere Gefahr bedeuteten als Erdbeben. Er hatte keine Erben und hinterließ kein Testament, und die Stadt übernahm schließlich das Gebäude. Es bestand hier unten eigentlich kein wirklicher Bedarf für ein großes Haus, doch schon damals standen preiswerte Wohnungen hoch im Kurs.«

»Also hat das Wasser«, sagte Leo, als sie dem dunklen, muffigen Flur folgten, »stets zum niedrigsten Punkt fließend –«

»Den Keller überflutet«, beendete Darryl Leos Spekulation. »In dem es keinen Abfluss gibt.«

»Das muss ein ziemlicher Schlamassel gewesen sein«, bemerkte Piper.

»Das war nicht das Schlimmste«, erklärte Darryl ihr. Er führte sie zu einer niedrigen Tür, die kaum einen Meter achtzig hoch war, wie Piper schätzte, und den Blick frei gab auf ein schmales Treppenhaus. »Der Boden dort unten bestand aus einer einfachen Betonplatte, die nicht gut verlegt worden war. Es gab Risse in ihr. Das Wasser floss dort hinein. Als der Verwalter das Wasser abpumpen wollte und die Ausrüstung nach unten schaffen ließ, war das Wasser verschwunden. Was bedeutete, dass es im Boden versickert sein musste.«

Sie stiegen die schmale Treppe hinunter. Ein hölzernes

Geländer führte auf einer Seite an der Wand entlang und ein paar Glühbirnen, die an nackten Kabeln hingen, erhellten das Treppenhaus. Von unten schlug ihnen ein fauliger, süßlicher Gestank entgegen. Iiih, dachte Piper, das ja ist widerlich.

»Und der Verwalter machte sich Sorgen wegen dem, was unter dem Beton liegen mochte?«, fragte Leo, der stets wie ein Handwerker dachte.

»Der Verwalter steckte seine Finger in einen der Risse, zog daran, und der Beton bröckelte ab«, erklärte Darryl. »Das Zeug war auf einer Erdschicht verlegt worden, die noch nicht einmal besonders eben war. Der Mann konnte ganze Betonbrocken abbrechen. Dann sah er die Knochen.«

»Das haben wir im Fernsehen gesehen«, erinnerte sich Piper.

Darryl griff nach dem Betonboden, der am Ende der Treppe noch intakt war, und zeigte auf etwas, das Piper noch nicht sehen konnte. Sie stieg den Rest der Stufen hinunter, beugte sich nach vorn und spähte über den Rand des massiven Betonbodens in das Loch, das bereits ausgehoben war.

Sie bereute es sofort.

An der Wand waren die Betonstücke aufgetürmt und das Erdreich, das vom Wasser aufgeweicht war, wurde von den Arbeitern, die noch immer am Werk waren, mit Schaufeln, Kellen und Bürsten ausgegraben. Die Männer und Frauen trugen Schutzanzüge, die ihre Gesichter verhüllten und sie vor dem Gestank schützten, der dort unten die Luft verpestete. Wer weiß, was wir einatmen?, dachte Piper. Die Truppe arbeitete auf Knien und kratzte vorsichtig, millimeterweise den Dreck weg, bis sie auf weitere Knochen stieß. Piper sah fast überall, wohin sie blickte, Knochen aus der Erde ragen. Sie waren nicht sauber und weiß wie die der Modelle in den Arztpraxen, sondern hatten das Braun des Erdreichs angenommen, sodass sie in ihren Augen unglaublich alt wirkten.

Und menschlich. Definitiv menschlich.

»Darryl?«, fragte sie, »wie viele –«

»Wir haben sechsundvierzig bestätigte Fälle und zählen weiter«, erklärte er, »wenn wir genügend Skelettteile finden, die zu einem einzelnen Opfer passen.«

»Opfer?«, fragte Leo. »Ist das nicht nur eine Spekulation?«

»Dies ist kein amtlicher Friedhof«, erwiderte Darryl. »Niemand hat hier rechtmäßig fünfzig Menschen beerdigt. Dies ist ein Mordtatort, oder zumindest der Ort, wo die Ermordeten begraben wurden. Das sind alles Opfer.«

»Weißt du, wie alt sie sind?«, wollte Piper wissen.

»Wir führen noch immer einige Tests durch«, antwortete Darryl. »Aber wir tippen auf das zwanzigste Jahrhundert. Ich schätze, das sagt nicht viel, nicht wahr? Um die Jahrhundertwende, am Anfang der Dekade, vielleicht 1904, 1905. Ungefähr zu der Zeit.«

Piper bemerkte, dass Leo fast in eine Trance gefallen war. Er starrte auf die braune Erde, auf die Knochen und die Leute, die sie ausgruben, aber seine Augen blickten ins Leere, als würde er direkt durch sie hindurch sehen, auf etwas, das Piper verborgen blieb. »Leo?«, fragte sie.

Er blinzelte und wackelte mit dem Kopf, als wäre er gerade erwacht. »Tut mir Leid.«

»Was ist los?«

»Dieses Gefühl, das ich hatte, dass dieser ganze Fall etwas ... nicht ganz Natürliches an sich hat?«

»Was ist damit?«

»Es ist zurückgekehrt«, erklärte Leo. »Mit Macht.«

Darryl drehte sich zu ihnen um und sprach mit gedämpfter Stimme, um nicht belauscht zu werden. »Wenn ihr denkt, dass hier etwas Übernatürliches vor sich geht, versucht es herauszufinden. Aber nicht hier. Ihr könnt ohne mich nicht hier unten bleiben, und ich muss gehen. Wenn ihr irgendetwas entdeckt, lasst es mich wissen, bevor ihr etwas unternehmt – und ich meine bevor!«

»Verstanden, Darryl«, nickte Piper. »Keine Sorge.«

»Es gibt immer Sorgen, wenn die *Zauberhaften* mit einer

Sache zu tun haben«, konterte Darryl. »Aber ich habe im Moment meine eigenen Probleme.«

»Schlimmer als die hier?«, fragte sie ihn.

»Aktuellere«, erklärte er. »Diese Morde sind vor hundert Jahren passiert, mehr oder weniger. Aber gestern Nacht wurde ich zu einem Mord gerufen, der, nun, gestern Nacht verübt wurde. Der dritte in einer Serie.«

Piper vermutete, dass er jenen meinte, über den heute Morgen das Fernsehen berichtet hatte, die drei Frauen, die »mutmaßlich ermordet« worden waren. Auch Leo verriet nicht, dass sie etwas darüber wussten. »Was war das für ein Mord?«, fragte Leo.

»Scheinbar zufällig, ein Verbrechen aus Gelegenheit, ohne offensichtliches Motiv. Eine junge Frau wurde auf ihrem Weg zur Arbeit erstochen. Kein Raub, keine Zeugen. Sie hatte keinen wütenden Ex-Freund und keinen eifersüchtigen Partner. Sie schien überhaupt keine Feinde zu haben, soweit wir wissen. Aber jemand hat sie auf grausame Weise auf der Straße umgebracht. Zahlreiche Stichwunden mit einem Messer, das wir noch nicht gefunden haben. Keine Hinweise, keine Fingerabdrücke, keine verwertbaren Spuren, abgesehen von dem Umstand, dass sie durchnässt war.«

»Durchnässt?«, stutzte Piper. »Es war neblig gestern Nacht, nicht wahr?«

»Aber daran kann es nicht gelegen haben. Es ist, als wäre sie mit etwas vollgespritzt worden. Nasse Stellen an ihrem Kragen, ihrer Schulter, ihrem Ärmel.«

»Das ergibt keinen Sinn«, meinte Leo.

»Genau«, bestätigte Darryl. »Und deshalb muss ich jetzt gehen. Dies hier ist ein schreckliches Verbrechen, aber es ist vorbei. Wir glauben, dass derjenige, der gestern Nacht und auch schon davor gemordet hat, erst angefangen hat.«

Halliwell Manor war leer, als sie zurückkamen. Piper war erleichtert, denn sie wollte sich nach einem derart grimmigen Morgen auf keinen Fall erneut mit Phoebe über den dummen Tante-Agnes-Brief streiten. Sie und Leo setzten sich auf die Couch, wo sie an diesem Morgen den Fernsehbericht über die Leichen gesehen hatten.

»Denkst du, was ich denke?«, fragte Leo sie.

»Fast nie«, erwiderte Piper. »Nur wenn wir beide in romantischer Stimmung sind. Und wenn das jetzt der Fall sein sollte – nein, danke.«

»Ganz und gar nicht«, wehrte Leo zu ihrer großen Erleichterung ab. »Ich frage mich, ob hier mehr als nur der Zufall am Werk ist.«

Piper konnte ihm nicht ganz folgen. »Wo am Werk ist?«

»Die Leichen im Gates Mansion«, antwortete er, »und der Fall, den Darryl untersucht, der Mord gestern Nacht und die beiden davor.«

Sie schüttelte den Kopf. »Nicht, dass ein Mord jemals eine gute Sache ist. Aber manche sind weniger, du weißt schon, übernatürlich als andere. Für mich klingen sie einfach wie normale Morde.«

»Für mich aber nicht«, entgegnete Leo. »Was hat er gesagt? Kein Motiv, keine Zeugen, sie sind nicht einmal über die Mordwaffe sicher. Es war nur irgendetwas, das jemand benutzt hat, um auf sie einzustechen. Mehrmals, wie er sagte.«

»Und was ist daran übernatürlich?«

»Die Polizei ist heutzutage ziemlich gut darin, verwertbare Beweise zu sammeln«, erklärte Leo. Er blickte wieder ins Leere, als versuche er, sich die Tat vorzustellen. »Sehr gut sogar, um genau zu sein. Sie müssten irgendetwas finden. Wenn das Opfer versucht hat, sich zu wehren, müssten Hautfetzen des Mörders unter ihren Fingernägeln sein. Auf jeden Fall, wenn er sie festgehalten hat, während er auf sie einstach. Es müssten Fingerabdrücke, Haare, Schweiß vorhanden sein – irgendwelche DNS-Spuren. Da es keine Zeugen gab, muss alles ziemlich schnell gegangen sein. Er hatte bestimmt keine Zeit, ihre Leiche mit einem feinen Kamm zu bearbeiten und jede Hautschuppe zu entfernen, die ihn mit dem Mord in Verbindung bringen könnte. Wenn es ein Mal passiert, ist es schon seltsam, aber dass es bereits drei Mal hintereinander passiert sein soll ...«

»Ich denke, du interpretierst da zu viel hinein«, erwiderte Piper. Aus irgendeinem Grund schien jeder um sie herum zu versuchen, sie in Dinge hineinzuziehen, die nicht ihr Problem waren: Phoebe mit dem Tante-Agnes-Brief und jetzt Leo mit seiner dunklen Ahnung. »Darryl sagte, dass die Morde im Gates-Gebäude vor hundert Jahren verübt wurden. Wie kann es da einen Zusammenhang mit den Morden in dieser Woche geben?«

Er nickte, wirkte aber noch immer irgendwie geistesabwesend. »Ich weiß. Ich sage nicht, dass es einen eindeutigen Zusammenhang gibt. Ich frage nur, was ist, wenn es einen gäbe? Ich habe das Gefühl, dass die Gates-Mansion-Morde eine übernatürliche Komponente haben, und das könnte auch gut auf die anderen Morde zutreffen.«

Sie war noch nicht bereit, in diesem Punkt nachzugeben, aber sie entschied, zumindest die Möglichkeit in Betracht zu ziehen, dass er Recht hatte. »Wenn es einen Zusammenhang gibt, dann würde ich sagen, dass es ein Fall für die *Macht der Drei* ist.«

»Klingt danach.«

»Vielleicht können wir den Mörder finden«, sagte Piper. »Versuchen wir's?«

Sie gingen hinauf auf den Dachboden, und Piper breitete die Karte von San Francisco aus, die für derartige Gelegenheiten parat lag. Sie hielt ein Kristallpendel über die Mitte der Karte, konzentrierte sich, verdrängte alle anderen Gedanken aus ihrem Kopf und visualisierte den Tatort, wie ihn Darryl ihr beschrieben hatte, zusammen mit einigen zusätzlichen geografischen Details, die sie der Zeitung dieses Tages entnommen hatten. Der Artikel war kurz gewesen, nur ein Auszug aus dem Polizeibericht, aber es war eine Adresse genannt und ein kleines Foto des neuesten Opfers, Julia Tilton, abgedruckt worden. Ich hoffe, es reicht, um den Kerl aufzuspüren, dachte Piper. Ohne etwas Konkretes von dem Mörder in der Hand zu haben war es schwer, sich auf ihn zu konzentrieren. Aber wie Leo gesagt hatte, die Polizei hatte keine verwertbaren Spuren gefunden, deshalb blieb ihr im Moment keine andere Wahl.

Sie konzentrierte sich und leitete ihre mentale Energie durch den Kristall. Sie konnte den Tatort vor ihrem geistigen Auge erkennen, die steile Straße, die dunklen Gebäude, die junge Frau, die sich beeilte, um nicht zu spät zur Arbeit zu kommen, den Nebel ...

Die Pendelschnur wurde straff und der Kristall bewegte sich. »Es geht los«, flüsterte Piper. Sie spürte Leos Anspannung an ihrer Seite.

Der Kristall hing über dem Embarcadero Boulevard und zerrte an der Schnur, die sie zwischen den Fingern hielt. »Es scheinen Battery und Lombard zu sein«, stellte sie fest.

Aber noch während sie sprach, schwang der Kristall aus und kam über dem Golden Gate Park zur Ruhe. »Nein, warte. Der Park.«

Und er schwang wieder aus, nach Nob Hill, verharrte dort kurz, bewegte sich weiter nach Western Addition, schwang zurück und pendelte über Russian Hill.

»Das ergibt keinen Sinn«, sagte Piper. »Er scheint etwas registriert zu haben, aber etwas, das überall zugleich ist.«

»Oder unglaublich schnell«, fügte Leo hinzu.

»Das ist es«, murmelte Piper mit einem sarkastischen Unterton. »Wir suchen nach Speedy Gonzales. Es ist nichts Übernatürliches, es ist bloß eine Zeichentrickmaus.« Sie legte den nutzlosen Kristall beiseite. »Es funktioniert nicht. Wenn er wirklich jemanden gefunden hat, dann befindet er sich überall in der Stadt.« Sie stand enttäuscht auf, und Leo umarmte sie. Das half.

Und draußen senkte sich der Nebel wieder über die Stadt ...

4

AUF DEM UNION SQUARE ging es so chaotisch zu wie immer. Selbst an diesem kühlen, nebeligen Tag verstopfte Verkehr den Platz. Touristen blickten zum Memorial Tower hinauf, aus Gründen, die Paige unverständlich blieben, aber sie nahm an, dass es etwas mit Admiral Dewey zu tun hatte, wer auch immer das war. Straßenmusiker spielten auf den Bürgersteigen und Bänken; ein Pantomime ärgerte die Passanten, indem er sie nachäffte. Auf der Straße vor dem *St. Francis Hotel* drängten sich Taxen und Limousinen, und die vielen Fahnen vor seinem Eingang hingen traurig an ihren Masten hinunter statt im Wind zu flattern. Die Bürgersteige rund um den Platz waren voller Fußgänger, von denen viele die Einkaufstaschen der großen Kaufhäuser wie *Macy's* oder *Neiman Marcus* trugen, die die Straßen säumten. Die Luft war von den Gerüchen geschwängert, die typisch für die Stadt waren: Abgase, Tabak, exotisches Essen und eine Vielzahl von Duftwässerchen. Dies war eine wahrhaft internationale Stadt, und Paige sah und hörte auf den Straßen Menschen jeglicher ethnischer Herkunft.

Sie zog ihren Pullover enger um sich, um die Kälte abzuwehren, und wünschte einen Moment, sie hätte einen längeren Rock oder besser noch eine Hose angezogen. Aber dann sah sie in ein Schaufenster und erhaschte einen Blick auf einen attraktiven jungen Mann, der bewundernd ihre Beine anstarrte, und ihr fiel wieder ein, warum sie kurze Röcke trug. Wenn du es hast, zeig es her, war einer ihrer Grundsätze.

Macy's war unglücklicherweise brechend voll gewesen. Wegen des Sonderverkaufs hatten sich dort noch mehr Kunden als gewöhnlich hineingedrängt. Normalerweise ging sie nicht im *Macy's* einkaufen, aber es gab dort unter anderem richtig tolle Stiefel, die sie liebte. Aber selbst wenn sie es geschafft hätte, in ihre Nähe zu kommen, hätte sie sie sich nicht leisten können. Selbst nachdem sie zu Piper und Phoebe in das Haus gezogen war, das Grams ihnen hinterlassen hatte, schien Paige nicht in der Lage zu sein, am Ende des Monats etwas Geld zur Seite zu legen. Sie hatte das Einkaufen schließlich aufgegeben und war in das Straßenrestaurant im Erdgeschoss gegangen, hatte einen Salat gegessen und sich wieder auf den Weg zur Arbeit gemacht. Sie wartete darauf, dass die Straßenbahn an der Haltestelle Powell anhielt.

An der Ecke Powell und O'Farrell herrschte natürlich dichtes Gedränge. Leute eilten in alle Richtungen, rempelten sie an, entschuldigten sich oder wichen ihr in letzter Sekunde aus. Paige wartete, trat zur Seite und lächelte die Leute an, während sie versuchte, ihnen aus dem Weg zu gehen. Sie wusste, dass es fast unmöglich sein würde, in die Straßenbahn zu steigen, meistens gab es eine lange Schlange an der Haltestelle, und wenn die Bahn stoppte, war sie in kürzester Zeit voll besetzt. Sie konnte ein paar Blocks zu Fuß gehen und einen Bus nehmen, doch sie wollte zuerst die Bahn probieren. Mit ihr zu fahren machte mehr Spaß, und sie war viel schneller, wenn es ihr gelang, sie zu erwischen.

Paige drängte sich an einer blinden Frau mit einem weißen Spazierstock und schönen silbernen Haaren vorbei und bemerkte eine andere Passantin, die an der Ecke stand und in ein Handy sprach. Ein kleiner Junge hielt sich an der freien Hand fest und spielte mit einem roten Gummiball, indem er ihn auf den Bürgersteig springen ließ. Er konnte nicht älter als drei sein, schätzte Paige, ein niedlicher Blondschopf mit einem verschmitzten Lächeln und großen blauen Augen. Werde einer der Guten, wenn du erwachsen bist, wünschte Paige in seine Richtung.

Sie verfolgte, wie er den Ball warf und nach ihm griff, ihn aber dann verfehlte. Der Ball sprang weg, prallte dann vom Knie eines Passanten gegen eine Wand und rollte weiter. Der Junge riss sich von seiner Mutter los und rannte hinterher.

Die Mutter schien nicht zu bemerken, dass ihr Junge fort war. Sie schwatzte weiter, ohne etwas von seinem Verschwinden mitzubekommen, obwohl sie jetzt das Handy ans andere Ohr wechseln konnte. Paige fuhr herum und sah dem Jungen nach, der mit zögernden Schritten seinem Ball folgte. Er war alt genug, um laufen zu können, aber wahrscheinlich nicht in der Lage, auf einer stark befahrenen Straße in der Innenstadt auf den Verkehr zu achten. Und seine Beine waren nicht lang genug, um den Ball rechtzeitig einzuholen. Wenn er weiterhüpfte, konnte er die ganze Powell hinunter bis zur Ellis springen. Wenn der Junge ihm über die Querstraße folgte, würde er seinen vierten Geburtstag nicht mehr erleben.

Sie vergewisserte sich mit einem schnellen Blick, dass niemand auf sie achtete. Bis jetzt schien die Menge das Dilemma des Jungen nicht bemerkt zu haben. Alle waren zu sehr mit ihrem eigenen Leben beschäftigt, um etwas zu verfolgen, das sich in Kniehöhe abspielte. Auch war der Nebel zu dicht, um weit genug sehen zu können. Erleichtert, dass sie unbeobachtet war, ließ Paige mithilfe ihrer magischen Kräfte den Ball zurückkommen und ihn sanft in die Hände des Jungen schweben. Er verfolgte begeistert, wie der Ball zu ihm flog, und packte ihn mit beiden Händen, während ein breites Lächeln über sein Gesicht huschte. Mit der Unschuld der Jugend schien er nicht einmal über das Geschehene nachzudenken, sondern lachte nur ein Mal und rannte den Hügel hinauf zu seiner Mutter. Als er sie erreichte, sprang die Ampel an der O'Farrell auf Grün, und die Frau nahm wieder seine Hand und ging über die Straße. Sie würde nie erfahren, dass er weggelaufen war.

Darüber war Paige nicht besonders glücklich. Sie wünschte, es gäbe eine Möglichkeit, der Frau beizubringen, was sie mit ihrer Nachlässigkeit gerade fast angerichtet hätte. Aber ihr fiel nicht ein, wie sie das glaubwürdig tun konnte, ohne ihr eigenes Geheimnis zu verraten, und wichtig war schließlich nur, dass der Junge jetzt in Sicherheit war. Vielleicht hatte er im Gegensatz zu seiner Mutter etwas daraus gelernt.

Paige hatte sich umgedreht und sah in ein Schaufenster, als sie das Spiegelbild eines jungen Mannes bemerkte, der aus dem Nebel trat und sich ihr mit einem freundlichen Lächeln auf dem Gesicht näherte. Und was für ein Gesicht, dachte Paige, als sie ihn genauer betrachtete. Seine funkelnden Augen waren grau, fast von derselben Farbe wie der Nebel. Sein Kinn war kantig und ausdrucksstark, der Mund zu einem schrägen Grinsen verzogen, das sowohl liebenswert als auch entwaffnend war. Er war groß, mit stacheligen blonden Haaren und einem muskulösen Körper, der von seinem grauen kurzärmeligen Seidenhemd und der engen Hose, noch betont wurde.

Und er kommt direkt auf mich zu, dachte sie. Sie versuchte sich noch immer zu überzeugen, dass sie sich in diesem Punkt irrte, als er vor ihr stehen blieb und sie ansprach.

»Das war toll, was du getan hast«, begann er.

Sie stellte sich dumm. »Was ich getan habe? Was meinst du damit?«

»Du weißt schon«, sagte er und tat so, als würde er einen hüpfenden Ball materialisieren. »Der Junge, der Ball. Diese ganze Heldenkiste. Ich bin beeindruckt.«

»Tut mir Leid«, log Paige. »Ich weiß nicht, wovon du redest.«

»Es ist okay«, erklärte er. Sein Lächeln verschwand nicht, während er mit ihr sprach. »Ich kann's auch.«

»Was?«

Er beugte sich näher zu ihr und flüsterte, sodass nur sie ihn hören konnte: »Hexen.«

»Tatsächlich?«, fragte sie verblüfft. Dann fing sie sich wieder und fügte hinzu: »Ich wusste nicht, dass es das wirklich gibt.«

»Natürlich«, erwiderte er. »Ich bin Timothy.« Sie nahm an, dass er ihr seine Hand reichen würde, um sie zu schütteln, aber er tat es nicht, sondern steckte beide Hände in die Gesäßtaschen seiner Hose. Er machte ungeschickt eine angedeutete Verbeugung. »Ich bin Timothy, und ich bin ein Hexer.«

»Ich bin Paige«, stellte sie sich vor. »Paige Matthews.«

»Und du bist eine Hexe.«

»Das klingt bei dir wie eine Art Zwölf-Schritte-Programm.« Sie lachte nervös. »Jedenfalls bin ich keine Hexe.«

»Paige, ich habe gesehen, was du getan hast.« Er ahmte sie wieder nach. »Es war brillant.«

»Aber –«

»Du kannst es ruhig zugeben«, unterbrach er.

Und dann kam die Straßenbahn, und Paige glaubte schon, dass sie dieses sehr peinliche Gespräch mit diesem sehr attraktiven Mann beenden würde. Aber die Bahn war voll und hielt nicht einmal an.

»Hör mal, hier vorne ist ein Café«, sagte Timothy. »Setzen wir uns draußen an einen der Tische, trinken etwas und unterhalten uns darüber.«

»Über was?«, fragte sie naiv. »Ich muss außerdem wirklich zur Arbeit zurück.«

»Es dauert nur ein paar Minuten«, beharrte Timothy. »Du hast sowieso die Straßenbahn verpasst.«

»Aber ich kann einen Bus nehmen.«

»In zehn Minuten fährt der nächste Bus. Du wirst dich nicht sehr verspäten.«

Sie konnte kaum fassen, dass sie so hart kämpfte, um von diesem Mann wegzukommen. Er war hinreißend, und normalerweise hätte sie alles getan, um ihm näher zu kommen. Aber die Tatsache, dass er wusste, dass sie eine Hexe war, machte sie viel nervöser, als sie es für möglich gehalten hätte. Hast du dir nicht gerade gewünscht, dass es einen Mann gäbe, der es versteht?, fragte sie sich. Ist es nicht möglich, dass er dieser Mann ist?

Aber statt sich von ihm angezogen zu fühlen, wollte sie lieber wegrennen.

Doch sie tat es nicht. Sie folgte ihm in das nahe gelegene Café. Während er sofort hineinging, um Kaffee zu holen, setzte sie sich draußen auf einen Stuhl und betrachtete die Körper, die auf dem überfüllten Bürgersteig vorbeizogen und sich durch den Nebel drängten, der wie Spinnweben an ihnen zu kleben schien. Selbst die Tatsache, dass es in diesem

Café einen freien Tisch gab, schien mehr als nur ein Zufall zu sein, wie ein Teil einer großen Verschwörung, ein Netz, um sie einzufangen. Und sie hatte nichts dagegen, gefangen zu werden ...

Einen Moment später tauchte er wieder neben dem Tisch auf. Sie hatte ihn nicht einmal kommen hören, aber seine Hände waren leer. Sein Gesichtsausdruck verriet tiefe Verlegenheit. »Ich, äh, habe es ganz vergessen, als ich dich zu einem Kaffee eingeladen habe«, murmelte er. »Ich habe heute Morgen doch glatt mein Haus verlassen, ohne meine Brieftasche einzustecken.« Er klopfte auf die Taschen seiner Hose, als wollte er es ihr beweisen. »Ich bin völlig mittellos.«

»Das ist okay«, beruhigte Paige ihn. »Ich kann diesmal bezahlen.« Sie stand auf, und er nahm auf dem Stuhl gegenüber Platz.

»Ich werde unseren Tisch freihalten«, erklärte er.

Sie warf ihm einen letzten Blick zu, als sie die Schwingtüren passierte. Im Innern drang leise Jazzmusik zu ihr, und die Gerüche von Kaffee und Zimt und aufgeschäumter Milch stiegen ihr in die Nase. Das Lokal war voll. An den Tischen saßen Familien, die sich angeregt unterhielten, einsame Koffeinsüchtige, die im *Chronicle* blätterten, junge Paare, die nur Augen für ihr Gegenüber hatten. Paige stellte sich in der Schlange an, als ihr dämmerte, dass sie Timothy nicht gefragt hatte, was er wollte.

Nun, dachte sie, er hat mich auch nicht gefragt. Also kann ich davon ausgehen, dass er mit dem zufrieden ist, was ich ihm geben werde.

Ein paar Minuten später drängte sie sich wieder durch die Schwingtüren, zwei brennend heiße Pappbecher mit Cappuccino in den Händen. Sie stellte sie auf den Tisch und setzte sich.

»Perfekt«, sagte Timothy mit einem Lächeln. »Danke. Es tut mir wirklich sehr Leid.«

»Das ist wirklich kein Problem«, erwiderte sie. »Es ist bloß ein Becher Kaffee.«

»Es ist ein Becher Kaffee und ein Prinzip«, antwortete er. »Wenn ich dich zu irgendetwas einlade, sollte ich auch in der Lage sein, dafür zu bezahlen.«

Paige trank einen Schluck von der heißen Flüssigkeit und wollte das Thema wechseln, damit er aufhörte, sich für nichts zu entschuldigen. »Du bist also wirklich ein Hexer?«, fragte sie.

Er schenkte ihr ein Grinsen und hob die Hände. Sein Kaffeebecher schwebte mehrere Zentimeter über dem Tisch und senkte sich wieder. »Ich komme zurecht«, sagte er. »Als ich sah, wie der Junge den Ball verlor, wollte ich eingreifen, aber du bist mit zuvorgekommen.«

»Was hättest du getan?«

»Ich wollte den Springball mit einem Zauber stoppen, dann hätte ihn der Junge fangen können.«

»Das hätte funktioniert.«

»Aber ohne Eleganz.« Er lächelte erneut und stieß seinen Becher gegen ihren wie eine Art Toast. »Das war ein geschickter Schachzug. Du musst sehr mächtig sein.«

Paige musste daran denken, was man ihr über die *Macht der Drei* erzählt hatte. Die *Zauberhaften* waren laut dem *Buch der Schatten* die mächtigsten Hexen aller Zeiten. Das hieß, solange sie zu dritt waren. Wenn einer von ihnen etwas zustieß, würden sie die *Macht der Drei* verlieren und ihre Fähigkeiten ernsthaft gefährden. Deshalb mussten sie auch immer wachsam sein, denn es gab eine Menge Hexer und Dämonen, die nur zu gern eine von ihnen töten würden. Aus diesem Grund war es ein großes Glück gewesen, dass ihre Halbschwestern sie nach Prues Tod gefunden hatten. Es bedeutete, dass die *Macht der Drei* weiter bestehen konnte.

Paige würde ihm nicht verraten, dass sie eine Hexe war und zu den *Zauberhaften* gehörte. Zumindest nicht, bis sie ihn besser kannte. *Viel* besser.

Und die Aussicht, ihn besser kennen zu lernen, dachte sie, gefällt mir mehr und mehr.

Sie nippte an ihrem Kaffee, bekam etwas Schaum an ihre Nase und lachte, als sie ihn wegwischte.

»Das gefällt mir«, sagte Timothy. Er sah sie aufmerksam an, als könnte sie jeden Moment verschwinden – was sie auch tatsächlich konnte.

»Was meinst du damit?«

»Das Lachen«, erklärte er. »Ich habe das Gefühl, dass dein Tag bis jetzt nicht gerade gut verlaufen ist.«

»Er war schon okay«, erwiderte sie.

»Nein, das war er nicht.«

»Wessen Tag?«, fragte sie lachend.

»Deiner«, antwortete Timothy. »Aber ich schätze, Empathie ist eine meiner Fähigkeiten. Ich spüre derartige Dinge, und dein Tag war ziemlich lausig.«

Sie sah ihm tief in die Augen, um festzustellen, ob sie ebenfalls etwas spüren konnte. Aber Empathie, vermutete sie, gehörte nicht zu ihren Kräften. »Okay«, gestand sie schließlich. »Du hast Recht. Er war nicht besonders toll.«

»Was ist passiert?«, fragte er. »Nein, vergiss es, ich bin zu neugierig. Schlechte Angewohnheit. Ich mische mich zu schnell in die Angelegenheiten anderer Menschen ein. Vor allem, wenn ich jemanden mag.«

»Du hast mich gerade erst kennen gelernt. Wie kannst du mich mögen?«

»Ich habe dich kennen gelernt, *weil* ich gesehen habe, wie du das Leben eines kleinen Jungen gerettet hast. Und du bist hinreißend. Warum sollte ich dich nicht mögen?«

Sie senkte den Blick und starrte in ihren Kaffeebecher. Sie konnte nicht fassen, dass dieser Mann so stark auf sie wirkte. Mehr noch, sie konnte nicht fassen, dass sie so sehr versuchte, einem Mann zu widerstehen, der so stark auf sie wirkte, vor allem, da er all ihre wichtigsten Voraussetzungen erfüllte. Er war männlich, gut aussehend, wusste über Hexen Bescheid und flippte deswegen nicht aus – und habe ich schon männlich erwähnt?

Sie entschied, zu seiner ursprünglichen Frage zurückzukehren. »Familienprobleme, schätze ich«, sagte sie und dachte, dass sie damit nicht zu viel verriet.

»Eltern?«

»Geschwister. Sie streiten sich, wollen mir aber nicht sagen weswegen. Was mich auf den Gedanken bringt, dass es um mich geht.«

»Denn wenn es nicht so wäre, würden alle versuchen, dich auf ihre Seite zu ziehen.«

Er hat es sofort verstanden, dachte sie. »Genau.«

»Du hast also wirklich keine Ahnung, worum es bei dem Streit geht?«

»Es könnten eine Menge Dinge sein, schätze ich«, sagte sie. »Paige ist eine Träumerin. Paige kümmert sich nicht um den Haushalt. Paige respektiert keine Grenzen. Paige spricht, bevor sie nachdenkt – ich denke, ich bestätige gerade diesen letzten Punkt, nicht wahr?«

Sie bemerkte, dass Timothy nicht mehr lächelte, sondern die Stirn runzelte. Seine Mundwinkel hingen nach unten und auf seiner glatten Stirn zeigten sich Falten. »Du solltest nicht so hart zu dir sein«, meinte er. »Ich habe das Gefühl, dass du dich viel stärker kritisierst als deine Geschwister es tun.«

Sie zuckte die Schultern und trank einen weiteren Schluck Kaffee. »Ich muss jetzt wirklich den Bus nehmen«, erklärte sie.

Er sah enttäuscht aus. »Ich will nicht so neugierig sein. Sag mir einfach, wenn ich die Grenze überschreite, und ich halte mich zurück. Ich bin gut darin. Ich habe eine Menge Übung.«

Jetzt musste Paige lächeln. »Wer ist jetzt streng zu sich?«

»Siehst du?«, sagte er und schenkte ihr ein Grinsen, das sie bis in die Zehenspitzen spürte. »Wir tun es alle irgendwann. Wir müssen nur aufpassen, dem nicht zu viel Bedeutung beizumessen.«

»Normalerweise bin ich nicht so«, erwiderte sie. »Nur wenn mich etwas wirklich bedrückt. Aber meistens bin ich ein richtiger Sonnenschein. So fröhlich, dass andere Leute es nicht ertragen können. Vor allem, wenn es früh am Morgen ist.«

»Nun, du hast eine Menge, wegen dem du glücklich sein kannst«, fragte Timothy.

»Meinst du?« Sie wusste nicht, wie er darauf kam, wollte aber hören, ob er irgendeinen Anlass dafür hatte, ihr dies zu sagen oder ob ihr nur schmeicheln wollte. Im Moment tippte sie auf das Letztere.

»Sicher. Du bist wunderschön und offenbar gesund. Du trägst Kleidung, die dir wahnsinnig gut steht. Du hast eine Familie, die sich genug um dich sorgt, um sich deinetwegen zu streiten und es gleichzeitig vor dir zu verheimlichen. Du hast einen Job, der dir so wichtig ist, dass du nach der Mittagspause nicht zu spät zur Arbeit kommen willst. Du bist eine mächtige Hexe, die ihre Fähigkeiten für das Gute einsetzt. Das klingt für mich nach einem absolut exzellenten Leben.«

Was er sagte, stimmte und es klang wundervoll! Sie hatte wirklich nicht viel, über das sie sich beschweren konnte. Gut, sie konnte sich nicht allzu oft neue Kleider kaufen. Aber es gab wichtigere Dinge als coole neue Stiefel.

Und der Job, den er erwähnt hatte, war wirklich gut. Doch sie würde ihn nicht mehr lange behalten dürfen, wenn sie jetzt nicht zurückkehrte. Deshalb stand sie auf. »Timothy, ich bin sehr froh, dass ich dich kennen gelernt habe.«

»Ich bin auch froh, Paige«, antwortete er, »Froh, dass ich gesehen habe, wie du diesem Jungen geholfen hast. Musst du jetzt wirklich gehen?«

»Wirklich«, nickte sie.

»Kann ich ... dich irgendwann anrufen?«

Bald sogar, hoffte sie. Aber sie zögerte. Er hatte bewiesen, dass er über gewisse Kräfte verfügte, doch sie wollte noch immer nicht seinen Verdacht bestätigen – auch wenn er sie beim Einsatz ihrer Macht beobachtet *hatte*.

»Wenn du dir Sorgen machst, dass ich dein Geheimnis verrate – das musst du nicht«, erklärte er, fast so als hätte er ihre Gedanken gelesen. »Ich bin sehr diskret.«

Schließlich nahm Paige einen Kugelschreiber aus ihrem Rucksack, schrieb ihre Telefonnummer auf eine Serviette, faltete sie zusammen und schob sie über den Tisch. Als er sie nicht sofort nahm, zog sie ihre Hand zurück. Dann griff er nach ihr und steckte sie in die Tasche. Sie bemerkte, dass die Serviette feucht wurde, als er sie berührte, und nahm an, dass er sich wahrscheinlich Kaffee auf die Finger geschüttet hatte. »Das ist eine gute Eigenschaft«, sagte sie. »Diskretion, meine ich.«

»Das denke ich auch.«

»Bis dann, Timothy.« Sie drehte ihm den Rücken zu, bevor er antworten oder sie mit einem weiteren sehnsüchtigen Blick oder gewinnenden Lächeln zum Bleiben bewegen konnte, und verließ das Café. Die Bushaltestelle war ein paar Blocks entfernt, und sie würde sich wieder einmal verspäten. Sollte sie unterwegs eine stille Straße oder abgelegene Gasse passieren, würde sie vielleicht ihre magischen Kräfte einsetzen, ansonsten aber den Bus nehmen. Schließlich würde Cowan sie nicht gleich umbringen. Er würde ein wenig schimpfen und die Sache dann vergessen und sich über etwas völlig anderes aufregen.

Es war außerdem viel mehr erforderlich als einer von Mr. Cowans sinnlosen Wutausbrüchen, um ihre jetzige Stimmung zu dämpfen. Sie hatte genau die Art Mann kennen gelernt, von der sie geglaubt hatte, dass sie nicht existierte, jemand, der sie als die akzeptieren konnte, die sie wirklich war, jemand, mit dem sie über alles reden konnte, der sich ohne Frage auf ihre Seite stellte und sie unterstützte, ganz gleich, was sie machte. Piper hatte Leo, Phoebe hatte Cole und jetzt – vielleicht – hatte sie Timothy.

Sie musste ihm gegenüber natürlich noch immer vorsichtig sein. Aus diesem Grund wollte sie ihm gegenüber nicht eindeutig zugegeben, dass sie eine Hexe war, und erst recht nicht, dass sie zu den *Zauberhaften* gehörte. Die Tatsache machte für ihn vielleicht einen Unterschied, möglicherweise wollte er sich nicht mit einer Frau einlassen, deren Leben ständig in Gefahr war. Vielleicht war er auch einfach nur ein wirklich netter Kerl gewesen, der ihr einen Becher Kaffee ausgeben wollte, weil sie den Jungen gerettet hatte. Schließlich schien er nicht beeindruckt gewesen zu sein, als sie ihm die Serviette hinübergeschoben und erwartet hatte, seine Finger zu streifen.

Aber das konnte sie nicht ganz glauben. Offensichtlich hatte er damit gemeint, dass er sie mochte. Er hatte damit offensichtlich gemeint, dass er sie mehr als nur mochte. Er hatte sie *supergern*, wie man in der Junior High sagte. Und er hatte die Telefonnummer sofort an sich genommen und in seine Tasche gesteckt, damit er sie nicht verlor. Nein, sie würde von ihm hören, und zwar bald.

Und sie hoffte, dass er wirklich diskret war. Sie würde Timothy vor ihren Halbschwestern geheim halten, zumindest für eine Weile. Sie brauchte etwas in ihrem Leben, das nur ihr gehörte, das nicht ein Teil des Familienkreises war. Und sie wollte ihn so lange nicht mit nach Hause bringen, bis sie sicher war, dass man ihm das Geheimnis der *Zauberhaften* anvertrauen konnte.

Und das erforderte eine Menge Vertrauen.

Darryl Morris hatte kaum seinen Schreibtisch erreicht, als das Telefon klingelte. Er riss den Hörer von der Gabel. »Inspector Morris, SFPD«, sagte er knapp.

»Darryl, hier ist Johnson. Sie werden im Konferenzraum erwartet.«

»Ich bin gerade erst eingetroffen«, erwiderte Darryl. Monroe Johnson war ein anderer, ihm unterstellter Detective, der dazu neigte, Darryl auf die Nerven zu gehen. »Ich bin heute den ganzen Tag in der Stadt gewesen, habe Akten ausgegraben und mit dem Gerichtsmediziner gesprochen. Ich brauche etwas Zeit, um all diese Informationen durchzusehen.«

»Bringen Sie sie mit«, erwiderte Johnson. »Wir werden sie brauchen.«

»Wir?«

»Die Sonderkommission«, erklärte Johnson.

Darryl legte den Hörer auf. Die Polizeiarbeit war nicht

mehr das, was sie einst gewesen war. Heutzutage wollte jeder sofort Resultate sehen, und wenn das nicht geschah, wurden im Handumdrehen Sonderkommissionen gebildet. Das FBI wartete hinter den Kulissen, und wenn die Sonderkommission nicht binnen weniger Tage Antworten lieferte, würde es sich einmischen und den Fall übernehmen.

Er nahm die Aktenordner, die er gerade auf seinem Schreibtisch deponiert hatte, und marschierte durch das Bürolabyrinth des Police Departments zum Konferenzraum. Dort gab es eine Glastür, durch die ihn Johnson vermutlich beobachtet hatte, als er zu seinem Schreibtisch gegangen war. Er konnte fünf Detectives sehen, drei Männer und zwei Frauen, die an einem Tisch saßen und gelangweilt dreinblickten. Er stieß die Tür mit seinem Fuß auf, ging hinein und legte die Akten auf den langen Holztisch.

»Nette Hose«, sagte Johnson mit einem spöttischen Grinsen, als Darryl eintrat. Er sah nach unten und stellte fest, dass seine Anzughose noch immer von seinem Besuch im Gates-Gebäude schmutzig war, fleckig und schlammverkrustet. Er hatte versucht, sie so gut es ging abzubürsten, aber keine Zeit gehabt, sie zu wechseln. Einige der anderen Cops lachten nervös.

»Willkommen bei der Sonderkommission«, sagte Lorraine Yee. Sie ignorierte Monroe Johnson demonstrativ und schenkte Darryl ein Lächeln, dem jede Aufrichtigkeit fehlte. »Danke, dass Sie zu uns gestoßen sind, Darryl. Wir sechs bilden die Sonderkommission. Wir können uniformierte Officers anfordern, um die Schmutzarbeit zu erledigen, falls es nötig sein sollte, aber ansonsten sind wir auf uns allein gestellt. Wir alle wissen, warum wir hier sind, richtig?«

Darryl setzte sich an den Tisch und musterte seine Kollegen von der Sonderkommission.

»Der Nassmörder«, warf Leonard Scobie ein. Leonard war schon länger als jeder andere Detective. Obwohl es nicht stimmen konnte, dachte Darryl manchmal, dass er schon seit der Prohibition im Polizeidienst war – oder vielleicht seit dem Goldrausch.

»So nennen wir ihn?«, fragte Stephanie Payzant überrascht, das jüngste Mitglied des Teams – und außerdem das attraktivste. Ihre braunen Haare waren zu einem Pferdeschwanz zusammengebunden, und ihr Männerhemd umschmiegte perfekt ihre athletische Figur. »Das ist abscheulich.«

»So wird ihn der *Chronicle* in der morgigen Ausgabe nennen«, erwiderte Lorraine Yee. »Was bedeutet, dass wir morgen in den Abendnachrichten Erfolge vermelden müssen, oder der Bürgermeister wird sehr unglücklich sein. Was wiederum bedeutet, dass ich unglücklich sein werde und das ... nun, Sie wissen schon. Alle werden unglücklich sein.«

Ein schwergewichtiger Mann am Ende des Tisches rieb sich heftig seine Stirn, als würde er etwas ausradieren, das er versehentlich dort notiert hatte. »Wir würden es hassen, irgendjemand unglücklich zu machen, Inspector Yee«, sagte Charlie Nordhoff mit einer Stimme, die klang, als würde er jeden Abend mit zermahlenem Glas gurgeln. »Sie wissen, dass wir nur hier sind, um Ihnen das Leben angenehm und konfliktfrei zu machen.«

»Danke, Charlie«, erwiderte Lorraine scharf. »Jetzt halten Sie alle den Mund.«

Monroe Johnson nickte nur. Darryl folgte seinem Beispiel. Lorraine war für ihren Mangel an Geduld und Taktgefühl berüchtigt. Sie konnte ein Inbegriff von Ruhe sein, wenn sie mit einem Opfer sprach, aber alles, was sie währenddessen unterdrückte, entlud sich explosionsartig, wenn sie mit Verdächtigen oder ihren Kollegen redete.

»Wir müssen ihn nicht den Nassmörder nennen, wenn wir nicht wollen, aber ich will, dass er verhaftet wird.« Sie deutete auf ein Korkbrett an der Wand, an das jemand die Fotos der drei toten Frauen geheftet hatte. Daneben hing eine große Karte von San Francisco. Blaue Stecknadeln kennzeichneten die Orte der Verbrechen. »Was wissen wir über diesen Kerl?«

»Wir wissen, dass er ein Mann ist«, erwiderte Johnson.

»Woher wissen wir das?«, fragte Lorraine.

»Nun, die Chancen sind –«

Sie schnitt ihm das Wort ab. »Chancen interessieren mich jetzt nicht. Ich habe nicht gefragt, was wir denken oder vermuten oder annehmen. Ich habe gefragt, was wir *wissen*.«

Stephanie nahm die Herausforderung an. »Wir wissen, dass drei Frauen tot sind. Wir wissen, dass wir die Waffe noch nicht identifizieren konnten, es sich aber bei allen drei Fällen um dieselbe oder eine ähnliche gehandelt hat. Wir wissen, dass an den Tatorten keine verwertbaren Beweise gefunden wurden. Das war's in etwa, denke ich.«

»Danke«, nickte Lorraine Yee und rang sich ein angedeutetes Lächeln ab. »Das ist eine gute Zusammenfassung. Mit anderen Worten, Ladys und Gentlemen, das, was wir wissen, ist nicht viel, und was wir nicht wissen ist eine Menge. Wir müssen dieses Verhältnis umkehren. Wir müssen eine Menge wissen und dafür sorgen, dass es nichts gibt, was wir nicht wissen. Auf diese Weise werden wir den Mörder aufspüren. Es gibt keine andere Möglichkeit, sofern wir nicht zufällig an einer Straßenecke stehen, wenn er gerade sein nächstes Opfer überfällt. Alle, die glauben, dass das passieren wird, heben die Hände.«

Niemand rührte sich, aber Lorraine wartete trotzdem auf sie. Darryl hatte kurz überlegt, seine Hand zu heben, denn er wusste, dass er dann sofort aus der Sonderkommission fliegen würde. Kein unangenehmer Gedanke, denn er hasste Sonderkommissionen zutiefst. Aber er war außerdem der einzige Detective, der an mehr als einem der Tatorte gearbeitet hatte, da er sowohl den ersten Fall als auch den letzten untersucht hatte. Deshalb war er im Moment die beste Quelle, die sie hatten. Er musste bleiben, ob es ihm nun gefiel oder nicht.

Außerdem wollte er unbedingt dabei sein, wenn ihnen dieser Kerl ins Netz ging.

5

PHOEBE SASS IM SCHNEIDERSITZ mit einem Buch im Schoß auf ihrem Bett, denn dies war der beste Weg, mit der Tatsache zurechtzukommen, dass sie nicht die geringste Lust hatte, mit Piper zu reden. Oder mit Paige, da sie nicht sicher war, was sie im Moment Paige gegenüber empfand. Glücklicherweise hatte Piper den Großteil des Abends im *P3* verbracht, dem Nachtclub, der ihr gehörte. Paige war scheinbar mit ihren eigenen Gedanken beschäftigt und vielleicht ein wenig verstimmt gewesen, weil ihr offenbar zunehmend klarer geworden war, dass Phoebe und Piper sich wegen einer Angelegenheit stritten, über die sie nicht mit ihr reden wollten. Sie waren sich während des Abends ein paar Mal über den Weg gelaufen, doch die Unterhaltungen waren kurz und oberflächlich gewesen. Keine hatte den Versuch gemacht, das Thema anzusprechen, das alle beschäftigte.

Phoebe dämmerte gerade, dass sie dieselbe Seite schon ein Dutzend Mal gelesen hatte, ohne auch nur ein Wort zu verstehen, als Leo neben ihr erschien. Ein Blick in sein Gesicht verriet ihr, dass seine Reise nicht besonders erfolgreich verlaufen war.

»Hast du mit ihr gesprochen?«, fragte Phoebe trotzdem voller Hoffnung. Sie steckte ein Lesezeichen zwischen die Seiten und legte das Buch auf den Nachttisch neben ihrem Bett. Sie hatte schon vor einiger Zeit eine blaukarierte Baumwollpyjamahose und ein Tanktop angezogen.

Leo nickte. Sein Mund war ein dünner Strich, sein Gesicht düster. »Ich habe Tante Agnes gefunden und mit ihr gesprochen.« Phoebe hatte ihn gebeten – sogar regelrecht gedrängt –, ihre verblichene Vorfahrin zu suchen und herauszufinden, für wen ihr Brief bestimmt gewesen war und ob Paige die Schwester war, auf die er sich bezog. Da Piper nicht zu Hause war, hatte er keine Möglichkeit gehabt, ihren drängenden Bitten auszuweichen. Trotzdem hatte sie ihre ganze verfügbare Überredungskunst einsetzen müssen, Leo zu überzeugen, dass er die anderen mit seinen Nachforschungen nicht hinterging. Doch sie wollte nichts unversucht lassen, denn schließlich konnte Leo als *Wächter des Lichts*, der schon einmal gestorben war, die Toten besuchen.

»Und?«

»Sie war ... nicht besonders mitteilsam«, antwortete Leo. »Wenigstens nicht zu mir.«

»Was hat sie gesagt?«

»Wortwörtlich?«, fragte er. »Oder soll ich die Flüche auslassen? Was es viel kürzer machen würde, glaub mir.«

Phoebe schloss das Buch. »Sie hat geflucht?«

Leo ließ sich auf das Ende des Bettes fallen und legte seine Hände auf die Knie. »Ganze Schiffe voller Matrosen haben auf ihren sechsmonatigen Reisen weniger Flüche benutzt.«

Das klingt wie eine Übertreibung, dachte Phoebe. Aber er war früher beim Militär gewesen, sodass er sich vermutlich mit diesen Dingen auskennen musste. Leo war im Zweiten Weltkrieg Militärarzt gewesen und im Einsatz gefallen. Wegen seiner unermüdlichen Fürsorge für andere Menschen wurde er ein *Wächter des Lichts*.

»Erzähl es mir«, bat Phoebe. »Du kannst die Flüche weglassen, aber was ist mit dem Rest?«

»Es gab nicht viel ›Rest‹, das kann ich dir versichern. Agnes war unfreundlich, als ich dort eintraf. Als ich ihr enthüllte, dass ich von Halliwell Manor kam, änderte sich ihr Verhalten von grob zu offen feindselig.«

Phoebe bemerkte, dass sich Leo geistesabwesend das Kinn rieb, während er sprach. »Sie ... sie hat dich doch nicht geschlagen, oder?«

»Nein«, erwiderte Leo, um dann seine Antwort zu korrigieren. »Nun, nur ein Mal. Und sie ist ziemlich schwach, selbst für einen Geist.«

»Sie hat dich geschlagen?« Phoebe war entsetzt. »Ich schätze, ihr Verhältnis zum Rest der Familie hat sich selbst auf der anderen Seite nicht verbessert.«

Leo nickte. »Das war definitiv der Eindruck, den ich hatte. Sie wollte mich keinen Moment lang anhören.«

Phoebe schlug sich frustriert auf die Knie. »Es gibt also keine einfache Lösung, nicht wahr?«

»Es ist keine einfache Situation, Phoebe«, erinnerte Leo. »Wenn du Recht hast und Paige nicht die ist, für die wir sie halten, dann wird es für alle richtig hart werden. Piper liebt sie, und ich denke, du tust es auch. Kannst du dir vorstellen, wie es für euch beide sein wird, wenn sie sich als Schwindlerin entpuppt? Als eine Art Saboteurin, die von innen her gegen die Familie arbeitet?«

»Ich habe darüber nachgedacht. Ein wenig.«

»Und warum hat sie so lange gewartet, um zuzuschlagen?«

»Um sich unser Vertrauen zu erschleichen?«, spekulierte Phoebe. »Um die beste Zeit abzuwarten und maximalen Schaden anzurichten?«

Leo unterdrückte ein Lachen. »Maximaler Schaden sollte euer Motto werden«, sagte er. »Du könntest es auf die Fußmatte drucken lassen. Paige müsste sich schon sehr bemühen, um genauso viel Schaden anzurichten.«

Als Phoebe hörte, wie unten die Tür geöffnet wurde, verspannte sie sich. Es war wahrscheinlich nur Piper oder Cole, aber es bestand immer die Möglichkeit, dass es sich um einen Dämon handelte, der die Hexen töten wollte. Leo hatte Recht: Das Leben in Halliwell Manor war ganz und gar nicht friedlich.

»Lucy, ich bin zu Hauuuse!«, rief Piper aus dem Foyer.

»Piper«, erklärte Leo überflüssigerweise, da Phoebe nicht wirklich angenommen hatte, dass es Ricky Ricardo war. »Ich sollte nach unten gehen.«

Phoebe griff nach seinem Knie, als er aufstehen wollte. »Leo«, sagte sie, »danke für das, was du getan hast.«

Er zuckte die Schultern. »Ich habe eigentlich nichts getan.«

»Aber du hast es versucht. Du hast dich bemüht. Das ist mehr, als jeder andere zu tun bereit war.«

»Glaube mir, wenn es einen Weg gibt, Frieden in diesen

Haushalt zu bringen, bin ich dabei.« Er stand auf und wandte sich zur Tür.

Phoebe war nicht sicher, ob sie ihm folgen sollte, aber dann hörte sie, wie eine andere Tür geöffnet wurde und Paiges Slipper im Flur klapperten. »Hi, Piper«, sagte Paige. »Hattest du eine schöne Nacht?«

»Es war nett«, erwiderte Piper. »Eine weitere Nacht voller lauter Musik, viel Tanzen, viel Essen und viel Trinken. Ich schätze, deshalb nennt man es Nachtclub.«

Phoebe entschied, dass sie sich zeigen musste, und öffnete ihre Tür. Leo war bereits die Treppe hinuntergestiegen und schlang seine Arme um Piper. Paige stand am Ende der Treppe in einem Nachthemd und ihren Fellslippern, sah aber so hellwach wie am Anfang des Abends aus. Sie wirkte heute leicht verändert, wie Phoebe schon festgestellt hatte, als wäre sie von einer unterschwelligen Erregung erfüllt. Phoebe hatte gedacht, dass sie es sich einbildete, weil sie Paige gegenüber nicht ehrlich war, aber als sie sie jetzt musterte, konnte sie es noch immer sehen.

»Mein Tag war auch ziemlich gut«, eröffnete Paige ihnen. »Ich meine, ihr wisst schon, ich war nur arbeiten und dann bei diesem Sonderverkauf bei *Macy's*, und obwohl ich nichts gekauft habe, hat es trotzdem Spaß gemacht.«

Sie klingt nervös, dachte Phoebe. Als gäbe es etwas, das sie uns gern erzählen möchte, uns aber vorenthält.

Wenn sie Geheimnisse vor uns hat, sind das dann die Art Geheimnisse, die ich befürchte?

Sie plauderten gezwungen ein paar Minuten miteinander, und dann zogen sich alle in verschiedene Richtungen zurück.

Phoebe kuschelte sich gerade unter die Bettdecke und griff wieder nach dem Buch, als es an der Tür klopfte. »Herein«, rief sie.

Piper öffnete zögernd die Tür, schlüpfte herein und schloss sie hinter sich. »Hi.«

Phoebe wartete auf mehr, und als nichts kam, wiederholte sie Pipers »Hi.«

Piper nickte in die ungefähre Richtung ihres Zimmers. »Leo, äh, hat mir erzählt, was passiert ist. Was er gemacht hat.«

»Ich wollte nicht, dass er geschlagen wird«, sagte Phoebe, um jede Kritik schon im Keim zu ersticken.

»Nein, ich weiß. Und ich wollte dich nur wissen lassen, dass ich es nicht schätze, dass du meinen Mann auf diese Weise benutzt.«

Phoebe wollte antworten, doch Piper redete weiter und brachte sie zum Schweigen. »Aber er ist unser *Wächter des Lichts*, und das gehört nun mal zu seinen Aufgaben. Und ich weiß es zu schätzen, dass du diese Idee hattest und ihn zu dem Versuch überreden konntest, dieses kleine Problem zu lösen, das wir haben. Das ist es, was wir tun sollten, richtig? Ich meine, wir sind Problemlöser. Das klingt wie ein Resümee, aber du weißt schon, was ich meine.«

»Letzten Endes hat es eigentlich nicht viel gebracht«, räumte Phoebe ein. »Sie hat ihm nicht einmal gesagt, ob sie den Brief geschrieben hat oder nicht.«

»Nun, das stimmt. Aber es war ein löblicher Versuch. Wir haben zwar noch immer ein Problem, aber danke. Für den Versuch.«

Phoebe wollte noch etwas sagen oder ihre Schwester in den Arm nehmen oder so. Irgendetwas. Aber Piper öffnete schnell die Tür und ging hinaus. Phoebe war wieder allein mit ihren Sorgen und Befürchtungen.

Aber zumindest hatte sie eine ältere Schwester, die sie liebte. Ganz gleich, was passierte.

Das lässt sich nicht mit Gold aufwiegen, dachte sie.

Rosa Porfiro verbrachte jeden Abend in einer Glaskabine in der Tiefgarage eines der besten Hotels der Stadt und beobachtete, wie Autos der Marken BMW und Mercedes oder Lamborghini an ihr vorbeifuhren. Manchmal war auch ein altmodischer Lincoln oder Caddy dazwischen. Sie saß auf ihrem Hocker und begrüßte die Fahrer, und dann, wenn die

Autos die Tiefgarage verließen, überprüfte sie ihre Tickets und kassierte das Geld. In der Garage parkten außerdem die Mitarbeiter des Hotels, und sie kannte natürlich jeden von ihnen beim Namen, winkte ihnen zu, wenn sie an den teuren Autos vorbeibrausten, und zuckte zusammen, wenn sie bremsten und die Reifen auf dem glatten, ölfleckigen Betonboden quietschten.

Wenn ihre Schicht zu Ende war, wartete Rosa auf den städtischen Bus, der sie von Nob Hill zu ihrer Straße im Sunset District bringen würde, zwischen Golden Gate Park und Zoo. Der Bus, sagte sie sich, kostete wahrscheinlich mehr als jedes der Autos, die jede Nacht an ihr vorbeifuhren, aber natürlich gehörte er nicht ihr und sein Fahrer stand nicht auf ihrer persönlichen Gehaltsliste. Sie zahlte einen Dollar und setzte sich auf ihren Platz. Trotzdem konnte sie sich keine bessere Lösung wünschen. Sie hatte nie ein eigenes Auto gehabt und würde wahrscheinlich auch nie eins besitzen. Sie würde ganz bestimmt nie einen Jaguar oder Lexus fahren. Selbst wenn sie sich einen leisten könnte – angesichts der wenigen und teuren Parkplätze würde der Bus immer ihre erste Wahl sein.

Es wäre schön, reich zu sein, dachte sie oft. Sie könnte sich daran gewöhnen. Aber nicht reich zu sein war deshalb nicht notwendigerweise etwas Schlechtes. Sie und ihr Mann Rico hatten ein kleines Haus und sie hatten Patricio, ihren Sohn, der inzwischen neun und reichlich ungestüm war, aber gleichzeitig auch ihr Lebensglück bedeutete. Rico arbeitete auf dem Bau. In einer Stadt wie dieser wurde immer gebaut, sodass es stets Arbeit für ihn gab. Er mochte es, draußen zu sein und mit seinen Händen zu arbeiten. Patricio ging zur Schule und wurde nachmittags beaufsichtigt, und dann holte ihn Rico am Ende des Tages ab. Rosa war zu dieser Zeit bereits auf dem Heimweg, und Patricio lag schon im Bett, wenn sie um zehn nach Hause kam. Aber sie sah ihn jeden Morgen, half ihm beim Anziehen, machte ihm Frühstück und brachte ihn zur Schule, und natürlich war sie jedes Wochenende mit ihm zusammen. Und so hielt sie sich für gesegnet, auch wenn das Geld oft knapp war und sie sich selten etwas leisten konnten.

Patricio würde inzwischen tief schlafen, doch Rico würde noch wach sein und im Wohnzimmer vor einer Leinwand sitzen, während im Hintergrund leise der Fernseher lief. Er malte das Meer, wie er es sah, wenn er in der Nähe der Küste arbeitete. Die Gemälde waren klein, manchmal nicht größer als Postkarten, und seine Kusine Lupe verkaufte sie auf einem Flohmarkt, wenn sie konnte, was ein paar zusätzliche Dollar einbrachte. Rosa hatte es zuerst überraschend gefunden, dass ein derart großer, kräftiger Mann derart kleine Bilder malte. Aber er konnte nun einmal gut mit den Händen arbeiten, hatte er ihr erklärt. Und ein Gemälde war auch so etwas wie ein Bauwerk.

Rosa ging jetzt die drei Blocks von der Bushaltestelle nach Hause und beschleunigte ihre Schritte. Sie konnte es kaum erwarten, heimzukommen und zu sehen, was er heute Abend gemalt hatte. Das Viertel war still und in dichten Nebel gehüllt. Fast jede Nacht war es hier, so nahe am Meer, nebelig, obwohl Nob Hill vom Licht der Sterne und des Mondes erleuchtet wurde.

Rosa dachte an ihr Zuhause, an Ricos Kunst und Patricios schlummernde Gestalt, als sich der Nebel vor ihr verfestigte. Sie prallte gegen irgendetwas und wich zurück, zu verblüfft, um zu schreien. »Es tut mir Leid«, murmelte sie, nachdem sie einen Moment Zeit gehabt hatte, sich zu fassen. Sie sagte sich, dass sie mit jemandem zusammengestoßen sein musste, vielleicht mit einem der älteren Leute aus der Nachbarschaft, einem Rentner, der seinen Hund ausführte oder nur etwas frische Luft schnappen wollte. Aber sie konnte niemanden sehen. Sie hoffte, dass sie diese Person nicht zu Boden geworfen hatte. Ihr Herzschlag beschleunigte sich. Was war, wenn sie jemanden verletzt hatte?

Dann teilte sich der Nebel, und sie sah eine verschwommene Gestalt. Es war ganz und gar keine ältere Person, dachte sie, sondern ein junger Mensch. Es war schwer, es mit

Sicherheit zu sagen. Die Gestalt war undeutlich, kaum mehr als ein Schatten. Doch der Eindruck, den sie hatte, war der eines jungen Mannes, der sich ihr drohend näherte. Sie hob eine Hand, aber der Schatten schlug sie hart beiseite. Jetzt schrie Rosa auf.

Eine feuchte Hand legte sich auf ihren Mund und erstickte den Schrei. »Nein«, sagte eine Stimme. Keine freundliche Stimme, dachte sie. In dieser Stimme liegt das Böse. »Ich mag die Stille, du nicht auch?«

Sie wollte sich wehren, den Kopf schütteln, beten, weinen. Aber er hielt sie so fest, dass sie sich nicht bewegen, nicht einmal Atem holen konnte. Ihre Augen füllten sich mit Tränen, während er sie festhielt, und dann spürte sie etwas Spitzes an ihren Rippen und einen plötzlichen heißen Schmerz. In Rosa kochte der Zorn hoch. Er hatte sie verletzt! Er hatte ihr etwas angetan, und er hatte kein Recht, keinen Grund ...

Dann spürte sie einen weiteren Schmerz und noch einen. Flüssigkeit rann über ihren Bauch, und sie wusste, dass es Blut war, wusste, dass er auf sie einstach, wieder und wieder. Der Schmerz war heiß, aber Rosa wurde jetzt kalt, sehr kalt, als hätte der San-Francisco-Nebel selbst seine spitzen Finger durch ihre Seele getrieben.

Darryl Morris zeigte der uniformierten Polizistin, die den Tatort bewachte, seine Dienstmarke, und die junge Frau hob das Absperrband, um ihn durchzulassen. »Guten Abend, Sir«, grüßte sie. Sie hatte sehr regelmäßige weiße Zähne und unter ihrer Mütze eine Mähne aus kupferfarbenen Haaren. Einige Strähnen hatten sich gelöst und hingen ihr ins Gesicht. Sie sah ihn ernst an. »Es ist ein schrecklicher Anblick, Sir.«

»Sind das nicht alle Morde?«, fragte Darryl müde.

»Ich weiß es nicht, Sir. Ich bin erst seit drei Wochen im Dienst. Das ist der schlimmste Mord, den ich bisher gesehen habe.«

Darryl wollte antworten, hielt aber seine Zunge im Zaum.

Hätte er in seinen ersten drei Wochen als Polizist alles gewusst, was er jetzt wusste, hätte er wahrscheinlich den Dienst quittiert und sich einen sicheren, langweiligeren Job gesucht. Löwenbändiger vielleicht, dachte er. Oder Krokodilfänger wie dieser Kerl aus dem Fernsehen. Das könnte ich tun. Aber er wollte dieser jungen Polizisten nicht sagen, was er empfand. Sie hatte in dieser Nacht etwas Schreckliches gesehen, doch sie konnte trotzdem lächeln, trotzdem mit einer positiven Einstellung ihren Job machen. Er wollte nicht derjenige sein, der sie entmutigte.

Die Spurensicherung hatte bereits lärmende Generatoren aufgestellt, die zweifellos die Nachbarschaft wach hielten. Die hellen Scheinwerfer tauchten die gesamte Umgebung in künstliches Tageslicht. Uniformierte Polizisten hielten die Neugierigen zurück und bewachten den Tatort. Einige gingen wahrscheinlich von Tür zu Tür und fragten nach, ob jemand den Mord gehört oder gesehen hatte. Einige andere Mitglieder der Sonderkommission waren etwa zur selben Zeit eingetroffen wie Darryl. Er sah Stephanie Payzant und Leonard Scobie am Absperrband stehen und sich Notizen machen, während Lorraine Yee einen der Uniformierten anfauchte.

Darryl sah zu den Schaulustigen hinüber. Einige von ihnen trugen Pyjamas oder Bademäntel, andere trotz des Wetters hastig übergestreifte Trainingshosen oder Shorts. Einige wenige waren voll bekleidet und hatten gegen die Kälte der Nacht Mäntel angezogen. Darryl hatte vor, jemanden zu beauftragen, Fotos von der Menge zu machen, und er hoffte sogar, sich unauffällig unter sie mischen zu können, denn vielleicht war der Mörder noch da, dachte Darryl. Er könnte uns bei der Arbeit zuschauen, den Unschuldigen spielen und es genießen, uns so nahe zu sein.

Darryl hatte bereits einige Schlussfolgerungen über den Mörder gezogen. Er glaubte nach dem ersten Bericht, den er gehört hatte, dass dies das Werk der Person war, die bereits dreimal in dieser Woche getötet hatte. Das bedeutete, dass ein Serienmörder sein Unwesen trieb. Bald, vielleicht sogar schon morgen, würde es den Bewohnern der Stadt dämmern, wie groß die Gefahr war. Wenn die Sonderkommission ihn nicht schnell aufspürte, würde sich das FBI einmischen, und dann hatte er, Darryl Morris, keine Chance mehr, diesen Verbrecher festzunageln.

Und Darryl wollte ihn erwischen. Er wollte es unbedingt. Er hatte es von dem Moment an gewollt, als er die Leichen von Gretchen Winter und Julia Tilton gesehen hatte.

Er war höchstwahrscheinlich männlich. Ende Zwanzig, Anfang Dreißig. Danach wurden die meisten von ihnen entweder gefasst, starben oder überwanden den Wahnsinn, der sie zum Morden trieb. Er war fast sicher ein Weißer. Unglückliche Kindheit, der Vater tot oder verschwunden oder einfach ein Versager, die Mutter dominant, wahrscheinlich gewalttätig. Diese Dinge waren alle ein Teil des Profils, und trotz Lorraine Yees Abneigung gegen Profile half es, sie im Hinterkopf zu behalten. Ein Cop musste wissen, mit wem er es zu tun hatte, auch wenn er diese Informationen nicht als gesichert betrachten durfte. Darryl musste in ihnen wahrscheinliche Aspekte seiner Zielperson sehen, während er gleichzeitig für die Möglichkeit offen blieb, dass sein Mörder durchaus eine Eskimofrau in den Sechzigern mit vorbildlichen Eltern sein konnte. Die Fähigkeit, zwei sich widersprechende Konzepte zu verfolgen, war ein sicheres Zeichen für einen überlegenen Verstand. Jedenfalls typisch für einen San-Francisco-Cop.

Doch als er sich Rosa Porfiro ansah, verschwanden alle selbstzufriedenen Gedanken. Sie lag auf dem Rücken, mit seltsam verdrehtem Kopf, die Augen offen und selbst im Tod noch voller Furcht. Ihr Knopfpullover war offen und hing an den Stellen, wo das Blut die beiden Kleidungsstücke verklebt hatte, an den Fetzen ihrer weißen Hoteluniform-Polobluse. Eine Menge Blut aus den zahlreichen Wunden hatte ihre Kleidung durchtränkt und sich unter ihr zu einer Pfütze angesammelt. Er bemerkte auch feuchte Stellen an ihrer Schulter nahe dem Hals.

»Seit einigen Tagen gibt es eine Menge derartiger Opfer«, sagte Ed Sweeney. Sweeney, der Gerichtsmediziner, war ein kleiner, rundlicher Mann mit einem winzigen Kopf, der Darryl an eine Grapefruit mit Augen erinnerte. Trotz der Temperatur schwitzte Sweeney. Darryl wusste, dass dies die einzige körperliche Manifestation des Zornes war, der in ihm hochkochte, wenn er ein Mordopfer untersuchen musste. Ein kleiner, rundlicher Mann, der in den kältesten Nächten schwitzt, dachte Darryl, und mit einem unvergleichlichen Verstand gesegnet war. Sweeney erinnerte sich an alles, was er je gehört, gesehen oder gelesen hatte, und konnte es wortwörtlich zitieren. Wenn es um Mord ging, war Darryl heilfroh, dass er Ed Sweeney auf seiner Seite hatte.

»Ich will ihn unbedingt fassen«, sagte Darryl.

»Wegen Tilton und den anderen?«

»So ist es. Das sieht für Sie auch wie das Werk desselben Täters aus?«

Sweeney nickte. Er wies auf die zahlreichen Stichwunden in Rosas Oberkörper. »Dieselbe Waffe wie bei den anderen drei. Ich weiß noch immer nicht genau, was es ist. Neunzehn Wunden diesmal. Drei oder vier hätten genügt, um tödlich zu sein, aber dieser Kerl geht kein Risiko ein.«

»Und sie hatte ihre Handtasche noch dabei?«, fragte Darryl, obwohl er die Antwort bereits kannte.

»Einunddreißig Dollar und zweiundfünfzig Cents waren drin«, erwiderte Sweeney. »Eine Visa, ein Führerschein, eine Bibliothekskarte und mehrere Fotos ihrer Familie.«

»Ist sie benachrichtigt worden?« Das war der Teil des Jobs, den Darryl am meisten hasste, aber das traf auf jeden zu, der eine Dienstmarke hatte. Jemandem mitzuteilen, dass seine Frau, die Mutter seiner Kinder, ermordet worden war, hinterließ Narben, die niemals heilten. Darryl hatte manchmal Albträume davon, selbst wenn er es seit Tagen oder Wochen nicht mehr getan hatte.

»Ein uniformierter Kollege hat es übernommen«, erklärte

Sweeney. »Sanchez, glaube ich. Das Opfer wohnt nur ein paar Blocks von hier entfernt.«

Das bedeutete, wie Darryl wusste, dass die Familie zum Tatort kommen konnte, wenn es Sanchez nicht gelang, dafür zu sorgen, dass sie zu Hause blieb. Dies war etwas, das sie nicht sehen sollten, und würde die Ermittlungen nur behindern. Die Gefühle der Familie waren wichtig, aber ebenso wichtig war es, diesen Kerl zu stoppen, bevor er dies noch einer anderen Familie antun konnte. Die Tatsache, dass Rosa Porfiros Leute in der Nähe waren, machte es nur umso dringlicher, dass er seinen Job erledigte.

Darryl schluckte hart und beugte sich über Rosas Leiche. »Kommen Sie«, sagte er zu Sweeney. »Bringen wir es hinter uns.«

6

PIPER GING NACH UNTEN und in die Küche, um Frühstück zu machen. Als sie dort ankam, saßen Phoebe und Paige bereits am Tisch, ohne sich anzusehen oder miteinander zu reden. Die Spannung war so dicht wie der Nebel draußen. Der Kaffee war fertig, und Piper goss sich eine Tasse ein und ging dann zum Kühlschrank, um nachzuschauen, ob es frisches Obst gab. Es gab keins. Dann fiel ihr ein, dass sie am Vortag einige Blaubeermuffins gesehen hatte.

»Weiß irgendwer, wo die Muffins sind?«, fragte sie, ohne jemanden direkt anzusprechen.

»Phoebe hat den letzten gegessen«, erklärte Paige, den Mund voll Toast. »Und ehe du fragst, dies ist die letzte Scheibe Brot. Es gibt also keinen Toast.«

Piper warf ihnen einen wütenden Blick zu. Phoebe hielt ihm nur kurz stand, aber der Ausdruck in ihren Augen war eher trotzig als bedauernd. »Wir haben noch etwas Müsli«, sagte sie. »Aber du musst es trocken essen. Ich habe die letzte Milch in meinen Kaffee getan.«

»Weiß denn niemand in diesem Haus mehr, wo der Lebensmittelladen ist?«, stöhnte Piper. »Und ehe sich jemand beschwert, ich schließe mich mit ein.«

»Ich schätze, wir waren alle ziemlich beschäftigt«, sagte Paige. »Mit Arbeiten und Dämonenjagen und allem.«

Soweit Piper sich erinnern konnte, hatten Phoebe und Paige den vergangenen Abend damit verbracht, im Haus herumzusitzen und nicht miteinander zu reden. Aber dies zu erwähnen würde eine ohnehin unangenehme Situation nur noch verschlimmern, und so verzichtete sie darauf.

»Nun, ich kann mir unterwegs etwas zu essen holen«, sagte Piper. Sie trug bereits eine bequeme schwarze Hose und ein purpurnes geripptes Oberteil. »Ich habe ein paar frühe Termine mit den Lieferanten im *P3*, sodass ich sowieso gehen muss.« Dies stimmte; sie hatte um neun und dann um halb zehn Termine, beide mit Lieferanten, die ihre Vorräte durchsehen und sich dann mit ihr zusammensetzen würden, um Bestellungen aufzunehmen. Es würde ein arbeitsreicher Morgen werden, keine Frage.

Phoebe nahm ihren Becher und trug ihn zur Spüle. »Ich habe ein Vorstellungsgespräch, deshalb muss ich jetzt auch los.«

»Oh, das ist toll«, sagte Paige strahlend. »Bei wem?«

»Einer kleinen Buchhandlungskette, deren Zentrale hier in der Stadt ist«, erklärte Phoebe. »Es ist kein toller Job, nur eine Stelle als Empfangsdame, aber er wird etwas Geld einbringen, und ich hätte nichts dagegen, wieder etwas zu unseren Einkäufen beisteuern zu können. Aber ich habe kein sehr gutes Gefühl bei dem Vorstellungsgespräch.«

»Warum nicht?«, fragte Piper.

Phoebe zögerte, als wäre sie unsicher, wie viel sie sagen wollte. »Es ist nur . . . ich habe in der letzten Zeit nicht so gut geschlafen.«

Das war eine Lüge oder zumindest eine Halbwahrheit, doch Piper ließ es durchgehen. Phoebe hatte viel größere Probleme als nur mangelnden Schlaf.

»Nun, viel Glück«, wünschte Paige ihr. »Es klingt, als würde es Spaß machen, und ich bin sicher, dass du es schaffen wirst.« Sie schien ehrlich bemüht, den Eisberg an Spannung zum Schmelzen zu bringen. Piper beobachtete Phoebe aufmerksam und wartete neugierig auf ihre Reaktion. Einen Moment lang wurden Phoebes Augen weicher, und sie sah Paige wie die vertrauenswürdige Halbschwester an, die sie einst gewesen war. Und wieder sein wird, dachte Piper. Aber dann verhärteten sich Phoebes Augen, und sie kniff die Lippen zu einem Strich zusammen. Ihr war wieder eingefallen, dass sie nicht sicher war, ob sie Paige trauen konnte, durchfuhr es sie. Phoebe richtete ihren Blick auf Piper, und ihre Augen waren noch immer hart. Okay, dachte Piper, sie ist also auch sauer auf mich.

Nun, das machte nichts. Sie war auf Phoebe auch nicht gut

zu sprechen und würde es nicht sein, bis sie aufhörte, Paige wegen dieses dummen Briefes zu schneiden. Vor allem jetzt, da sie den letzten Muffin und die letzte Milch verbraucht hatte.

»Also gut«, seufzte Piper. Sie wollte weg von hier, ehe sie etwas sagte, das sie später bereuen würde. »Tschüss!«

Sie stieg die Treppe hinauf, um sich die Zähne zu putzen und von Leo zu verabschieden.

Selbst wenn Mr. Cowan gute Laune hatte – und das passierte selten –, war Paiges Job stressig. Die Leute kamen nicht zum Sozialdienst, wenn in ihrem Leben alles glatt lief, sondern nur, wenn sie in einer Krise steckten. Hässliche Auseinandersetzungen ums Sorgerecht für die Kinder, gewalttätige Ehemänner, Obdachlosigkeit – das waren die Dinge, mit denen sich Paige auseinander setzen musste. Es gab Zeiten, in denen ihr alles zu viel wurde, und sie froh war, dass sie hin und wieder etwas Dampf ablassen konnte, indem sie einigen Dämonen in den Hintern trat.

Heute zum Beispiel hatte sie den Großteil des Morgens am Telefon verbracht und mit einer Reihe von Police Departments und Sozialarbeitern in verschiedenen Staaten gesprochen, um eine Mutter aufzuspüren, die sich entschlossen hatte, ›sich selbst zu finden‹, indem sie eine zweitklassige Rock'n'Roll-Band auf ihrer Tour durch billige Bars und Rasthäuser in den nördlichen Staaten begleitete. Diese Frau hatte ihren Job gekündigt, war spurlos verschwunden und hatte Jarrod Boone, ihrem Mann, drei Kinder unter sieben Jahren, ein leer geräumtes Bankkonto und einen Zettel mit der Nachricht hinterlassen, auf die Kinder aufzupassen und nicht nach ihr zu suchen.

Mr. Boone hatte sein Bestes getan, um den ersten Punkt zu erfüllen, sich aber geweigert, den zweiten zu akzeptieren. Da er nur über sein eigenes Einkommen verfügte, konnte er kaum die Betreuungskosten für die Kinder aufbringen, während er zur Arbeit ging. Damit blieb nicht sehr viel für die

Miete, das Essen und andere lebensnotwendige Ausgaben übrig, die bisher vom Einkommen der Frau oder ihren gemeinsamen Ersparnissen abgedeckt worden waren. Er glaubte, dass seine Kinder eine Mutter brauchten, aber noch wichtiger war, dass er nicht wollte, dass sie am Ende in einem Auto oder einem Heim leben mussten, und deshalb wollte er seine Frau finden oder zumindest ihre Ersparnisse zurückbekommen. Die Polizei wollte sich mit dem Fall nicht befassen, und er konnte sich keinen Privatdetektiv leisten. So hatte er sich stattdessen an den Sozialdienst gewandt.

Ärgerlicherweise wurde Paige am Telefon stets weitergereicht. Sie konnte nicht verstehen, warum die Leute nicht ehrlich zu ihr waren. Wenn ein Police Officer in Podunk, Michigan sich nicht die Zeit nehmen wollte, um nachzusehen, ob die ehemalige Mrs. Boone in einem der dortigen Motels registriert war, konnte er es doch sagen, statt Paige mit jemand anderem zu verbinden, der sie wiederum mit einer anderen Person verband, bevor sie schließlich endgültig abgewimmelt wurde. Mehrere Male verlor sie fast die Geduld, aber sie versuchte daran zu denken, dass sie damit auch nicht weiterkommen würde. Man fängt mehr Fliegen mit Honig, sagte sie sich.

Um die Beherrschung zu wahren, dachte sie an Timothy und den ausgesprochen angenehmen Becher Kaffee, den sie am Vortag auf dem Union Square getrunken hatten. Normalerweise hätte sie es kaum erwarten können, Piper und Phoebe davon zu erzählen, aber wer auch immer in diesen Tagen das Leben der Hexen beschreiben wollte, würde nicht das Wort *normal* verwenden können. Doch die Tatsache, dass sie nicht über ihn sprach, bedeutete nicht, dass sie nicht an ihn dachte. Ganz im Gegenteil. Wenn ihre Telefonate zu entnervend wurden, erinnerte sie sich einfach an den Klang seines Lachens, das so ansteckend war, oder an die Art, wie er sie bewundernd angesehen hatte, als er davon schwärmte, wie sie dem kleinen Jungen geholfen hatte.

Paige hatte gerade ein weiteres sinnloses Telefongespräch

beendet – es gab kein Podunk, Michigan, wie sich herausstellte, aber es gab ein Pompeji –, als ihr Telefon klingelte. Sie hoffte gegen alle Vernunft, dass eine ihrer vielen Anfragen endlich jemanden erreicht hatte, der sich für den Fall interessierte, und nahm den Hörer ab.

»Paige Matthews, Sozialdienst«, meldete sie sich fröhlich.

»Das höre ich gerne«, sagte eine männliche Stimme. »Jemand, der Spaß an der Arbeit hat.« Ehe sie antworten konnte, fuhr er fort: »Hier ist Timothy, Paige. Ich weiß nicht, ob du dich an mich erinnerst ...«

»Natürlich erinnere ich mich an dich, Timothy: Union Square, schwebender Kaffeebecher. Wie könnte ich das vergessen?«

»Ich bin froh, das zu hören«, sagte er. »Du klingst, als hättest du heute einen besseren Tag als gestern.«

Paige dachte einen Moment darüber nach. »Ich weiß nicht«, antwortete sie schließlich. »Eigentlich ist es ein ziemlich lausiger Tag. Aber ich versuche das den Leuten, die mich hier anrufen, nicht zu zeigen. Im Vergleich mit den meisten von ihnen habe ich ein prima Leben.«

»Das stimmt wahrscheinlich. Ich will dich nicht von deiner Arbeit abhalten. Ich habe gerade nur an dich gedacht und wollte mit dir reden.«

Paige glaubte fast spüren zu können, wie ihr bei diesen Worten das Herz aufging. »Ich habe auch an dich gedacht, Timothy«, vertraute sie ihm an.

»Nur gute Dinge, hoffe ich.«

»Natürlich gute Dinge.«

»Großartig«, sagte er und klang dabei ehrlich erfreut. »Nun, hast du heute schon irgendwelche kleinen Kinder gerettet?«

»Ich versuche, drei zu retten«, erwiderte sie. »Vor dem schlimmsten aller Feinde – der Armut.«

»Wow«, machte er bewundernd, fast ehrfürchtig. »Was für ein toller Job. Und du bist die perfekte Person dafür. Als ich sah, dass du eine Hexe bist, hatte ich gehofft, dass du zu den

Guten gehörst und die Rettung des Kindes nicht nur eine Art Schwindel sei. Aber es ist offensichtlich, dass es dir wirklich Freude macht, anderen Menschen zu helfen.«

»Ja, ich schätze schon«, gestand Paige. Sie ließ ihren Blick durch ihre glasverkleidete Büronische wandern.

»Ich wusste, dass du eine der Guten bist«, fügte er hinzu.

Sie spürte, wie sie leicht errötete, obwohl niemand da war, der sie sehen konnte. »Danke. Ich schätze, du gehörst auch dazu.«

»Das stimmt«, erwiderte Timothy. »Das liegt an meiner Herkunft. Ramona Frey, eine meiner Vorfahren, arbeitete mit einer anderen Hexe zusammen, deren Name ... so ähnlich wie Halloween war, glaube ich.« Paige spürte, wie ihr Herzschlag einen Moment aussetzte, als er dies sagte, aber sie schwieg und ließ ihn fortfahren. »Nein, Halliwell. Agnes Halliwell. Zusammen haben die beiden fast alle Dämonen westlich des Mississippi besiegt, wie mir meine Mom erzählte.«

»Agnes Halliwell?«, wiederholte Paige. »Ich glaube nicht, dass ich diesen Namen schon einmal gehört habe.«

»Aber du hast doch schon von den Halliwells gehört? Den *Zauberhaften*?«

Sie fühlte sich hin und her gerissen. Wenn sie ihn jetzt belog, war es ein schrecklicher Anfang für eine Beziehung – sofern er überhaupt Interesse an einer Beziehung hatte. Aber sie hatte auf die harte Tour gelernt, dass die drei Hexen ständig auf der Hut sein mussten. Die *Zauberhaften* hatten zu viele Feinde, um ihre wahre Identität leichtfertig zu enthüllen, vor allem jemandem, der vielleicht wusste, was sie zu bedeuten hatte.

Aber ich will eine Beziehung mit Timothy haben, entschied sie. Und manchmal ist es wichtig, was ich will.

»Ich habe von ihnen gehört«, erklärte sie ihm. Sie musste sich fast zwingen, die Worte auszusprechen. »Um genau zu sein, ich bin in gewisser Weise eine Halliwell.«

Sie hörte, wie er überrascht einatmete. »Ich dachte, du bist eine Matthews«, sagte er.

»Das bin ich auch«, erwiderte sie. »Dieselbe Mutter wie die beiden Halliwell-Schwestern, nur ein anderer Vater.«

»Also bist du eine der *Zauberhaften*? Das ist erstaunlich. Kein Wunder, dass ich diese Schwingungen des Guten bei dir gespürt habe.«

Paige lachte. »Nun, manchmal kann ich auch böse sein.«

»Das wette ich«, sagte Timothy. »Aber nicht auf die Art, die ich meine.«

»Eine Weile stand es auf der Kippe«, antwortete sie und erinnerte sich an den Kampf, den sie geführt hatte, als ihr klar geworden war, dass sie eine Hexe war. Die Quelle hatte sie auf die Seite des Bösen ziehen wollen. Da Prue gestorben war, hätte es die *Macht der Drei* auf Dauer geschwächt. Und sie hätte der Quelle fast nachgegeben.

»Du bist also eine *Zauberhafte*«, wiederholte Timothy, »und du hast noch nie von Agnes Halliwell gehört?«

»Sollte ich?«

Timothy zögerte einen langen Moment. »Paige«, sagte er schließlich, »ich denke, du kannst erkennen, dass ich dich mag, und ich will nur das Beste für dich. Deshalb fällt es mir schwer, darüber zu reden. Aber ich denke, du musst wissen, wer Agnes war. Und da ist noch etwas anderes, das du wissen musst.«

»Was ist es, Timothy?«, fragte sie. »Du machst mir irgendwie Angst.«

»Ich kann es dir nicht sagen«, erwiderte er. »Du musst es selbst herausfinden. Und das kannst du nur, wenn du in das Zimmer deiner Halbschwester Phoebe gehst, wenn niemand zu Hause ist. Sie hat einen Brief in ihrem Nachttisch liegen. Du musst ihn lesen.«

»Aber ... das ist Schnüffeln!«, entfuhr es Paige. »Sie wird mich umbringen. Und ... es ist falsch.«

»Sie muss es nicht erfahren«, wiegelte er ab. »Ich will keine Unruhe stiften, Paige, aber sie hält etwas vor dir geheim, und du verdienst es, darüber Bescheid zu wissen. Du *musst* es wissen.«

Paige schluckte hart. Sie hatte das Gefühl gehabt, dass Phoebe und Piper etwas vor ihr verbargen, das ließ sich nicht leugnen. Phoebe hatte sich besonders abweisend verhalten, fast so, als hätte Paige sie auf irgendeine Weise gekränkt. Auch Piper war anders als sonst. Paige hatte das sichere Gefühl, dass sie wütend auf Phoebe war, während Phoebe einfach nur so wütend war. »Kann ich dich etwas fragen, Timothy?«

»Natürlich, Paige. Alles.«

»Wenn es ein Geheimnis ist, woher weißt du davon?«

Er lachte leise, und sie entspannte sich ein wenig. Nicht alles im Leben ist schrecklich, dachte sie, solange es jemanden gibt, dessen Lachen diese Wirkung auf mich hat. »Wir alle haben Kräfte, Paige«, antwortete er. »Ich schätze, derartige Dinge zu wissen, gehört zu meinen Fähigkeiten.«

Sie plauderten noch ein paar Minuten, und dann verabschiedete sich Paige widerwillig und legte auf. Es war fast Mittag, und sie war entschlossen, seinen Rat zu befolgen.

Phoebe hatte ihre Schwestern dreist belogen, und sie hasste das Gefühl, das es ihr bereitete. Sie hatte heute ein Vorstellungsgespräch – so viel war richtig –, aber erst am frühen Nachmittag. Sie hatte einfach das Haus verlassen wollen, um dem Druck zu entkommen, der sich in ihr aufbaute wie der Dampf in einem verschlossenen Topf, der zu explodieren drohte.

Deshalb hatte sie so getan, als würde das Vorstellungsgespräch früher stattfinden, und war dann in ihren blauen Jeep gestiegen und losgebraust. Sie fuhr nach Süden, stadtauswärts, denn man konnte nicht durch San Francisco fahren, ohne ein Ziel zu haben, und Phoebe wollte einen klaren Kopf bekommen, ihre Gedanken schweifen lassen und feststellen, ob die ganze unangenehme Situation einen Sinn für sie ergab. Sie nahm den Freeway 280 und verließ die Stadt, vorbei am San Andreas Lake die Halbinsel hinunter durch grasbewachsene, bewaldete Hügel. Der Freeway führte sie aus dem Nebel heraus und, wie sie hoffte, auch aus dem Nebel der Unsicherheit, der sie umgab. Die einzige Person, die sie gern dabei gehabt hätte, war Cole, denn er war ein großartiger Empfänger für ihre verrücktesten Ideen. Aber er half gerade Leo und Piper bei der Untersuchung der Morde, von denen sie inzwischen erzählt hatten und von denen sie annahmen, dass sie einen übernatürlichen Hintergrund hatten. Doch nach dem Vorstellungsgespräch wollte er sich mit ihr treffen.

Sie hatte vor umzukehren, bevor sie das Herz von Silicon Valley erreichte, das Gebiet um Palo Alto, wo im Lauf der letzten Jahrzehnte so oft Vermögen gemacht und wieder verloren wurden – häufig von denselben Leuten. Als sie während des Internetbooms diese Strecke abfuhr, hatte sie fast schon eine Mautschranke erwartet, an der ein Normalsterblicher fünf- oder zehntausend Dollar zahlen musste, nur um die dünne Luft des Valleys genießen zu dürfen. Sie war traurig gewesen, als der Boom plötzlich abbrach und viele kleine Leute ihren Job verloren hatten. Gleichzeitig hatte sie gehofft, dass die Immobilienpreise wieder normales Niveau erreichten und dieselben kleinen Leute es sich leisten konnten, Häuser in der Bay Area zu kaufen.

Doch das Valley war weiter von der Stadt entfernt, als Phoebe heute fahren wollte, zu weit, um rechtzeitig zu ihrem Vorstellungsgespräch zurückzukehren. Sie wollte sich nicht beeilen müssen, um völlig abgehetzt in letzter Minute dort zu erscheinen. Sie verließ bei Woodside den Freeway, folgte einer kurzen, gewundenen Straße zu einem von Wald umgebenen Marktplatz und hielt lange genug an, um sich ein vegetarisches Sandwich und eine kalte Flasche Limo zum Mittagessen zu kaufen. Sie saß draußen in der Sonne, von der sie in den letzten nebeligen Tagen in San Francisco nicht viel gesehen hatte, und verzehrte ihr Mahl. Sie hatte bei ihrem grundsätzlichen Dilemma, ob Tante Agnes' Brief sich auf Paige bezog oder nicht, keine Fortschritte erzielt, aber sie fühlte sich nichtsdestotrotz etwas besser. Die Fahrt und das schöne Wetter auf der Halbinsel hatten geholfen, einige der Spinnweben aus ihrem Kopf zu vertreiben.

Als Phoebe zurück nach San Francisco fuhr, stellte sie fest, dass sie sich fast sogar auf das Vorstellungsgespräch freute. Der kurze Ausflug in die Umgebung hatte ihre Stimmung grundlegend verändert. Natürlich konnte sie das Parken in der Stadt vergessen. Sie fuhr zweimal um den Block und erweiterte dann ihre Suche. Schließlich fand sie drei Blocks vom Büro der Buchhandlungskette entfernt einen Parkplatz und zwängte den Jeep hinein.

Sie war etwas spät dran. Sie rannte über den Bürgersteig und stolperte fast über ein Kupferarmband, das sie erst bemerkte, als sie darauf trat. Sie blieb stehen, bückte sich und hob es auf, um es an die Seite zu legen, wo es niemanden stören, aber trotzdem gut sichtbar sein würde, falls der Besitzer zurückkam, um danach zu suchen.

In diesem Moment wurde sie von einer plötzlichen, gewalttätigen Vision überwältigt, die ihr den Atem raubte. Sie sah eine dunkle Straße, feucht vom Nebel, eine junge Frau in einer Art Uniform und eine bösartige Präsenz, die zum Todesstoß ansetzte. Dann endete sie, und Phoebe war wieder allein auf dem nebelverhangenen Bürgersteig, mit wackeligen Knien.

Erschüttert lehnte sich Phoebe an eine Parkuhr. Sie versuchte sich über ihre Vision klar zu werden. Es war definitiv Nacht, also war die Frau nicht in unmittelbarer Gefahr. Es gab vielleicht noch immer genug Zeit, um sie aufzuspüren und sie vor dem lauernden Mörder zu retten. Sie wusste nicht, ob dies in irgendeinem Zusammenhang mit dem Fall stand, an dem Piper, Leo und Cole arbeiteten, aber wenn doch, dann war der übernatürliche Aspekt soeben bestätigt worden.

Den Ort hatte sie nicht erkannt. Es war bloß eine Straße wie es hundert andere gab, von einer dichten Nebeldecke verhangen, die alle Details verbarg, die zur Klärung hätten beitragen können. Sie konzentrierte sich stattdessen auf die Frau und versuchte sich an irgendwelche Einzelheiten zu erinnern, die vielleicht helfen konnten, sie zu identifizieren. Da war natürlich die Uniform. Obwohl Phoebe sie nicht erkannt hatte, konnte sie vielleicht feststellen, zu welcher Organisation sie gehörte, und das würde sie bei der Suche nach der Frau einen großen Schritt weiterbringen. Das Oberteil war eine dunkelblaue Bluse im Bauernstil mit Goldfäden am Kragen und den Ärmeln gewesen und der Rock rot, mit blauen Mustern, die zu der Bluse passten. Sie hatte dazu schlichte, bequeme schwarze Schuhe mit niedrigen Absätzen getragen, und Phoebe erinnerte sich an weißliche Flecken an den Schuhen. Höchstwahrscheinlich eine Kellnerin. Die Flecken stammten von verschüttetem Essen – Muschelsuppe vielleicht oder Remouladensoße. Also ein Fischrestaurant?, fragte sie sich. Vielleicht.

Phoebe hatte keine deutliche Erinnerung an die Frau selbst: sie hatte volle dunkle Haare und dunkle Augen und olivenfarbene Haut, sodass sie wahrscheinlich eine Latina war oder aus dem Mittleren Osten stammte. Schätzungsweise Mitte Zwanzig.

Aber so vieles blieb ungewiss. Phoebe ertappte sich bei dem Wunsch, weitere Informationen erzwingen zu können, doch so funktionierte ihre Kraft nicht. Sie musste nehmen, was sie bekam. Eins war sicher: sie würde nichts erreichen, wenn sie hier herumstand. Sie löste sich von der Parkuhr und machte sich wieder auf den Weg zu ihrem Vorstellungsgespräch.

7

DIESMAL NAHM PAIGE kein öffentliches Verkehrsmittel. Sie zog sich in die Damentoilette des Sozialdienstbüros zurück und materialisierte direkt nach Hause. Einen Moment lang fragte sie sich, wie sie erklären sollte, warum sie mitten am Tag zu Hause war, falls sie jemanden antraf. Piper würde sicher noch immer arbeiten, aber Phoebe hatte nur ein Vorstellungsgespräch, das jeden Augenblick vorbei sein konnte. Dann waren da noch Leo und Cole, deren Kommen und Gehen nie vorhersehbar war. Paige öffnete die Haustür und schlug sie zu. »Ich bin's nur!«, rief sie die Treppe hinauf. »Ist jemand zu Hause?«

Als sie keine Antwort erhielt, stieg sie die Treppe hinauf und dachte: Ich habe diesen Film schon einmal gesehen. Ich gelange ohne Probleme in ihr Zimmer, aber in dem Moment, in dem ich finde, was ich gesucht habe, entdeckt mich jemand. Eine hässliche Szene folgt, Gefühle sind verletzt, und hitzige Worte werden gewechselt. Wenn ich's mir genau überlege, habe ich diesen Film schon immer gehasst.

Sie blieb vor Phoebes Tür stehen. Ich sollte nicht hier sein, sagte sie sich. Ich sollte mich einfach umdrehen und gehen. Zurück zur Arbeit. Vergessen, was Timothy gesagt hat. Was weiß er denn schon? Was könnte er schon über uns wissen?

Aber sie konnte es nicht über sich bringen umzudrehen. Sie klopfte an die Tür, zweimal leise, dann lauter. Nur für den Fall. An die Tür ihrer Halbschwester klopfen? Was konnte unverdächtiger sein?

Ihr Klopfen erhielt keine Antwort, und so drehte sie am Türknauf. Unverschlossen. Sie ging hinein und schloss hastig hinter sich die Tür. Ihr Herz hämmerte vor Aufregung.

Phoebes Zimmer sah so wie immer aus: Gelb und weiß gestreifte Tapeten, überall frische Blumen, Spitzengardinen filterten das Sonnenlicht, das durch das große Fenster fiel. Paige konnte nichts sehen, das an eine versteckte Überwachungskamera oder ein Abhörgerät erinnerte. Natürlich, durchfuhr es sie, wenn es eine versteckte Kamera gäbe und ich sie sofort sehen könnte, wäre sie schließlich nicht sehr gut versteckt. Sie konnte sich auch nicht vorstellen, dass ihre Halbschwester versuchte, sie bei ihrer hinterhältigen Aktion zu ertappen, das wäre selbst ziemlich hinterhältig. Trotzdem konnte sie das Gefühl nicht abschütteln, dass etwas Falsches an dieser ganzen Situation war.

Ich sollte nicht hier sein, ich sollte nicht hier sein, ich sollte nicht hier sein ... wiederholte Paige im Stillen wie ein Mantra, während sie das Zimmer durchquerte. Sie blieb stehen, als sie auf ein besonders laut knarrendes Dielenbrett trat, als wäre jemand zu Hause und könne sie hören. Dann näherte sie sich weiter dem Nachttisch, der in ihrer Fantasie so drohend vor ihr aufragte wie die Golden Gate Bridge. Als sie ihr Ziel schließlich erreichte, riss Paige die Schublade auf.

Dort, auf einigen Haarklammern und einer Flasche Handlotion lag ein Briefumschlag.

Er sah alt aus, als hätte es ihn schon lange vor ihrer Geburt gegeben. Was er mit ihr zu tun haben sollte, war Paige völlig schleierhaft. Aber Timothy hatte gesagt, dass Agnes Halliwell mit einer seiner Vorfahren befreundet gewesen war, sodass es Sinn ergab, dass der Brief schon vor langer Zeit geschrieben worden war.

Etwas in ihr wollte den Briefumschlag weglegen und davonlaufen. Sie stellte fest, wie verlockend dieser Gedanke war. Sie konnte beweisen, wenn auch nur sich selbst, dass sie keine Schnüfflerin, sondern ein anständiger Mensch war. Natürlich war die einzige Person, der sie davon erzählen konnte, Timothy, und da er derjenige gewesen war, der sie dazu gedrängt hatte, würde er wahrscheinlich nicht besonders beeindruckt sein.

Sofern dies nicht eine Art Test ist, dachte sie. Vielleicht will er ja, dass ich zu ihm gehe und ihm sage, dass ich es nicht über mich bringen konnte. Dann wird er mich umarmen und mir dazu gratulieren, dass ich in irgendeinen superbesonderen Hexenclub aufgenommen worden bin, und ich werde den geheimen Händedruck gezeigt bekommen und Mitglied werden.

Aber sie brauchte nur ein paar Sekunden, um zu erkennen, wie unwahrscheinlich dies war. Sie setzte sich auf den Rand von Phoebes Bett und öffnete den Umschlag. In ihm fand sie einen Brief, der so alt und brüchig war, dass sie Angst hatte, er würde wie vertrocknetes Herbstlaub in ihren Händen zerbröseln. Vorsichtig faltete sie ihn auseinander und sah, dass die Tinte bräunlich angelaufen war und fast dieselbe Farbe wie das alte Papier hatte. Die krakeligen Worte, die vor mindestens hundert Jahren mit einem Gänsefederkiel geschrieben worden waren, konnte sie kaum entziffern.

Aber nachdem sie den Brief eine kleine Weile angestarrt hatte, wurde es ihr allmählich klar. Der Brief war, wie es schien, eine Warnung an die »*Zauberhaften*« jener Tage. Als sie weiterlas, beschlich sie ein schreckliches Gefühl. Ihr drehte sich der Magen um, ihre Kehle schien sich zusammenschnüren, und sie konnte kaum noch atmen.

»Eine Schwester wird sterben und eine neue wird ihren Platz einnehmen«, las sie. »Aber die neue Hexe ist keine Verbündete, merkt euch das gut. Eine Verräterin ist sie, und wenn die Familie ihr erst einmal vertraut, wird diese Teufelin die *Macht der Drei* gefährden.«

Sie meint mich, durchfuhr es Paige. Es kann niemand sonst sein.

Und Phoebe *glaubt* ihr.

Das also war der Grund für all die Spannungen, dämmerte Paige. Phoebe hatte diesen Brief irgendwo gefunden und glaubte jedes Wort von Agnes' Warnung. Irgendwie hatte Timothy davon erfahren, und deshalb hatte er Paige hierher geschickt: weil Phoebe, die ihre Halbschwester war und sie eigentlich lieben und ihr vertrauen sollte, es nicht über sich bringen konnte, Paige mit ihrem Verdacht zu konfrontieren.

Piper wusste wahrscheinlich auch Bescheid, begriff Paige.

Der gesamte Haushalt war in den letzten Tagen von Spannungen erfüllt gewesen. Vielleicht hatten sie sich darüber gestritten, ob und wie sie es ihr sagen sollten und wie sie sie am besten testen konnten. Sie wusste, dass sie keine Verräterin war, aber sie wusste nicht, wie sie das beweisen sollte. Wenn ihre Halbschwestern das Schlimmste glauben wollten, gab es wahrscheinlich nicht viel, das sie dagegen tun konnte.

Wenn es das Ziel der Verräterin war, die *Macht der Drei* zu gefährden, wie es der Brief behauptete, dann schien das Ziel bereits erreicht worden zu sein. Hexen, die nicht miteinander über so etwas relativ Simples wie einen alten Brief von einer seit langem toten Verwandten reden konnten, waren gewiss nicht in der Lage, einander auf dem Schlachtfeld ihr Leben anzuvertrauen. Würde Phoebe mir vertrauen, dass ich ihr im Kampf gegen irgendeinen hässlichen Dämon mit Hunger auf Hexen den Rücken decke?, fragte sie sich.

Eine Träne rollte über Paiges Wange, tropfte auf das Papier und verschmierte die Tinte ein wenig. Sie begriff, dass sie Gefahr lief sich zu verraten. Sie schniefte, faltete den Brief zusammen, steckte ihn zurück in den Umschlag und legte den Umschlag wieder in die Schublade. Sie verließ Phoebes Zimmer so schnell sie konnte und zog unterwegs ein Papiertaschentuch aus einer Schachtel auf der Kommode. Im Flur schloss sie Phoebes Tür und putzte sich die Nase.

Sie war nicht erwischt worden. Sie war ohne Schwierigkeiten in das Zimmer eingedrungen und hatte es unentdeckt wieder verlassen.

Aber sie konnte sich des Gefühls nicht erwehren, dass es vielleicht besser gewesen wäre, wenn jemand da gewesen wäre, um sie aufzuhalten. Jetzt musste sie in dem Wissen zurück an die Arbeit gehen, dass ihr ganzes Leben auf den Kopf gestellt worden war.

Lorraine Yee bekräftigte ihre Worte, indem sie mit einem stumpfen Fingernagel an das Korkbrett klopfte, wenn sie auf eins der Bilder oder die Karte deutete. Ein neues Foto war hinzugekommen, und Darryl wusste, dass es bald noch mehr geben würde, wenn sie nicht rasch ein paar Antworten fanden. Der Mörder verringerte sein Tempo nicht und wurde nicht nervös oder unvorsichtiger. Er schien sich für unverwundbar zu halten und tötete mit perfekter Hingabe. Das Wissen nagte an ihm, erweckte in ihm den Wunsch, draußen auf der Straße zu sein statt in diesem überfüllten Konferenzraum zu sitzen und die abgestandene Luft einzuatmen, die nach Schweiß und Kaffee roch, der zu lange auf der Warmhalteplatte stand.

»Gretchen Winter«, sagte Lorraine und zeigte auf ihr Porträt. Sie trat zum nächsten Foto. »Sharlene Wells. Julia Tilton. Und jetzt Rosa Porfiro.« Sie blieb vor dem letzten Bild stehen, das in der vergangenen Nacht gemacht worden war, nach dem gewaltsamen Tod der Frau. »Wir haben eine junge Afroamerikanerin, Sharlene. Zwei weiße Frauen, Gretchen Winter, in ihren Vierzigern, und Julia Tilton, knapp zwanzig. Und Rosa Porfiro, eine Latina, die nächste Woche neununddreißig geworden wäre. Winter wurde in Potrero Hills getötet, Wells in Cow Hollow, Tilton in Nob Hill, Porfiro in Sunset.« Sie musterte die Gesichter der Mitglieder der Sonderkommission und sah nacheinander jedem unangenehm lange in die Augen. Das, vermutete Darryl, war auch ihre Absicht. Lorraine wollte, dass sie sich unbehaglich fühlten. Sie wollte, dass sie bis an ihre Belastungsgrenze gingen, wo es wahrscheinlicher war, dass sie mit den intuitiven Schlussfolgerungen aufwarteten, die hervorragende Detectives von den Durchschnittspolizisten unterschieden. Beide Typen konnten Fälle lösen, aber dieser Fall sah nicht so aus, als wäre er für einen Durchschnittspolizisten geeignet.

»Was haben diese Frauen gemeinsam, abgesehen von der Art, wie sie starben?«, fragte sie. »Die Antwort auf diese Frage ist vielleicht unsere beste Chance, ihren Mörder zu finden. Sofern die Morde nicht völlig zufällig begangen wurden, muss es irgendein verbindendes Element geben. Es hat nichts mit Alter, Herkunft oder Einkommen zu tun. Mit dem Geschlecht, ja – es sind alles Frauen. Und ich muss Sie nicht daran erinnern, Ladys und Gentlemen, dass San Francisco voller Frauen ist. Ich will nicht noch mehr von ihnen an diesem Brett sehen.«

Lorraines Gedanke war vernünftig, sagte sich Darryl. Normalerweise gab es irgendeine Verbindung zwischen den Opfern eines Serienmörders. Sie teilten irgendwelche körperlichen Merkmale, gingen in demselben Geschäft einkaufen, wo der Mörder Kontakt mit ihnen aufgenommen hatte, oder sie hatten einen gemeinsamen Lebensstil, der sie zu Opfern machte. Aber Darryl wusste etwas, das Lorraine Yee und die anderen Cops der Sonderkommission nicht wussten, und dieses Etwas warf alle »normalen« Theorien über kriminelles Verhalten über den Haufen.

Seit Darryl die Halliwells kennen gelernt hatte, wusste er – so sehr er es anfangs auch hatte leugnen wollen –, dass es Hexer und Dämonen gab, die Hexen und Menschen gleichermaßen nachstellten. Er wusste, dass es eine Seite des Lebens gab, die gelegentlich mit der zivilisierten Welt kollidierte, und dass sich die Police Departments mit den Folgen derartiger Ereignisse befassen mussten, ohne zu ahnen, was wirklich vorging. Ihm war oft der Gedanke gekommen, dass die Cops viel besser mit derartigen Dingen fertig würden und die Bevölkerung besser schützen könnten, wenn sie alle wüssten, was er wusste.

Gleichzeitig war ihm klar, dass gute Hexen, insbesondere die *Zauberhaften*, höchstwahrscheinlich das Angriffsziel jener Menschen werden würden, die nicht mit der Erkenntnis zurechtkommen konnten, dass ihre Welt viel komplizierter war, als sie gedacht hatten. Die *Zauberhaften* hatten schon genug damit zu tun, die Angriffe der Hexer und Dämonen abzuwehren, wenn nun auch noch Menschen hinzukamen, würden die Halliwells vielleicht eines Tages den Kampf verlieren. Darryl wusste, dass eine Welt ohne die *Zauberhaften* unendlich gefährlicher sein würde als eine

Welt, in der Hexenkraft ein Geheimnis blieb. Und so hielt er den Mund und versuchte sein Wissen im Geheimen einzusetzen.

Leo hatte Darryl angerufen und ihm einige Fragen über die Morde gestellt, sodass Darryl nun davon ausging, dass diese Morde ein übernatürliches Element hatten. Leo und Piper hatten sich auf die Suche gemacht, und er nahm ihre Hilfe gerne an, wie alles, das den Mörder auf die eine oder andere Weise vor Gericht bringen würde. Wenn sie Recht hatten, würden alle Sonderkommissionen der Stadt dem Morden kein Ende machen können. Sie würden sich auf die Kräfte der Hexen verlassen müssen.

In der Zwischenzeit würden er und diese anderen engagierten Cops auf die altmodische Weise jede Spur verfolgen und versuchen, den Fall mit Beinarbeit und im Schweiß menschlicher Arbeit zu lösen.

»Darryl«, sagte Lorraine ungeduldig, und ihm dämmerte, dass sie ihn schon einmal angesprochen hatte, während er in seinen Gedanken verloren gewesen war. »Sind Sie noch immer bei uns?«

»Ja, tut mir Leid, Lorraine«, antwortete er und schüttelte den Kopf, um die Gedanken zu vertreiben. »Was ist?«

»Sie haben in diesem Fall bis jetzt mehr Hintergrundarbeit geleistet als der Rest von uns. Sie haben alle Akten studiert und sich ein wenig mit der Geschichte dieser Frauen beschäftigt. Können Sie uns irgendwelche Zusammenhänge aufzeigen, die uns entgangen sind?«

Er hatte genau nach dieser Antwort gesucht und sie bis jetzt nicht gefunden. »Ich fürchte, es ist genau so, wie Sie es beschrieben haben. Unterschiedliche sozioökonomische Schichten, unterschiedliche Wohnorte, unterschiedliche ethnische Herkunft. Ich habe nichts Spezifisches feststellen können. Sie wissen schon, ob sie vielleicht alle ihren Kaffee in demselben Geschäft gekauft oder zur selben Zeit Sonntagsspaziergänge im Park gemacht haben, oder so. Wir könnten noch einmal ihre Freunde und Verwandten befragen, um ein besseres Bild von ihrem Alltagsleben zu bekommen. Aber bis jetzt hat sich nichts ergeben.«

»Dann ist das heute der Auftrag für alle«, erklärte Lorraine. Sie sah erneut über ihre Schulter zu dem Brett und zeigte auf die Fotos. »Lernen Sie diese Damen gründlich kennen. Irgendetwas verbindet sie miteinander. Wir müssen wissen, was das ist.«

Darryl glaubte schon, dass sie sie entlassen würde, als es an der Tür klopfte und ein uniformierter Officer eintrat. Lorraine begab sich zu ihm und redete einen Moment mit ihm. Dann ging der Officer hinaus und Lorraine wandte sich mit traurigem Gesicht an die Gruppe. »Es gibt eine weitere Leiche«, sagte sie leise. »Machen wir uns an die Arbeit.«

Phoebe saß in einem beengten Büro gegenüber von Michael Langdon, dem Präsidenten der Buchhandlungskette. Er war ein schlanker, wildäugiger Mann mit einem dichten Schopf lockiger dunkler Haare, einer kleinen Brille und einem Vollbart, und er trug ein blaues Arbeitshemd und zerschlissene Jeans. Sein Büro war voller Bücher, ganze Stapel, die aussahen, als würden sie bei einem Erdbeben zu einem Sicherheitsrisiko werden. Es gab einige Hardcover, die sie kannte, Taschenbücher ohne Titelblatt, bei denen es sich, wie er erklärt hatte, um Leseexemplare handelte, die die Verlage den Buchhändlern und Kritikern zur Lektüre schickten, bevor sie in die Geschäfte kamen, und alte Bücher jeder Größe und Farbe, von Staub bedeckt, die den Anschein erweckten, als wären sie schon immer ein Teil des Büros gewesen. Phoebe hatte einige Zweigstellen dieser Kette in verschiedenen Vierteln der Stadt besucht, und sie waren alle sauber und ordentlich gewesen, sodass sie über die Verhältnisse in der Zentrale erstaunt war.

Sie wollte zwar das Rätsel der uniformierten Frau lösen, aber sie sagte sich auch, dass das Vorstellungsgespräch diesen Plan im Höchstfall nur um eine Stunde verzögern würde, und es blieben dann noch immer viele Stunden bis zum Einbruch der Dunkelheit. Und ein Job würde natürlich eine ganze Reihe Vorteile mit sich bringen, nicht zuletzt einen regelmäßigen Gehaltsscheck. Obwohl Grams ihnen das Haus hypothekenfrei hinterlassen hatte, erforderte das Instandhalten ständiges Geldausgeben, und sie fühlte sich schlecht, weil Piper und Paige diese Last allein tragen mussten.

»Lesen Sie viel, Phoebe?«, fragte Langdon. Er hatte bis jetzt eine Menge Themen angesprochen, ohne dass ein Muster erkennbar war. Sie vermutete, dass der Mann nicht oft Vorstellungsgespräche führte.

»Nun, ich versuche es«, erwiderte sie. »Aber ich bin ziemlich beschäftigt.« Ihr dämmerte, wie lahm das klang, da er wusste, dass sie derzeit arbeitslos war, und natürlich konnte sie ihm nicht von den Hexendingen erzählen. Vermutlich fragte er sich, warum sie zu beschäftigt war, um zu lesen, ob sie die ganze Zeit Reality-TV sah und Bonbons aß?

Er hakte allerdings nicht nach. »Wenn Sie die Zeit haben, was lesen Sie dann gerne?«

Sie konnte sich nicht einmal an den Titel des Buches erinnern, das sie in der vergangenen Nacht zu lesen versucht hatte, während sie auf Leos Rückkehr wartete. »Hauptsächlich Belletristik. Und auch ... äh ... Sachbücher.« Es wäre besser, ausführlich zu antworten, aber sie war zu sehr mit ihren eigenen Gedanken beschäftigt. Sie versuchte es erneut. »Ich mag Bücher, die mich von meinen alltäglichen Problemen ablenken und mich irgendwohin bringen, wo es neu und interessant ist.«

»Ja«, sagte Langdon nickend. Sie konnte nicht erkennen, ob sie ihn beeindruckte oder abschreckte. Er nickte nur vor sich hin, und sein Gesichtsausdruck veränderte sich nie. Sie argwöhnte, dass er genauso geistesabwesend war wie sie, als wäre dieses Vorstellungsgespräch nur eine lästige Pflicht, die er so schnell wie möglich hinter sich bringen wollte. Er stellte keine Nachfragen, sondern sprang nur zu dem nächsten Thema, das ihm in den Sinn kam.

»Wissen Sie, der Job ist eine Stelle am Empfang. Sie nehmen Telefonate entgegen, vereinbaren Termine mit den Verlagsvertretern und sammeln die Bestellungen unser verschiedenen Niederlassungen. Diese Bestellungen treffen telefonisch, per Fax oder online ein. Sie müssen die Bestellungen an unser Lager weiterleiten, und wenn die Bücher dort vergriffen sind, informieren Sie die Läden, dass sie sie von einer anderen Quelle beziehen müssen.«

»Ich dachte eigentlich, dass alles längst computerisiert ist«, bemerkte Phoebe. »Die Bestandskontrolle, meine ich.«

»Das sollte man meinen, nicht wahr?«, erwiderte Langdon. »Aber nicht ganz. Noch nicht. Wir ziehen es noch immer vor, dass unsere Mitarbeiter einige dieser Entscheidungen selbst treffen und sie nicht Maschinen überlassen. Nennen Sie uns altmodisch, aber wir sind seit 1846 im Geschäft, und manchmal erledigen wir die Dinge, wie wir sie schon immer erledigt haben.«

Sie wollte nicht darauf hinweisen, dass es 1846 noch kein Telefon, Fax oder Internet gegeben hatte, und so nickte sie nur, hielt den Mund und wartete auf die nächste Frage.

»Sind Sie zeitlich flexibel?«, wollte er wissen. Darauf hatte sie gewartet, sie wollte keinen Job, der von ihr verlangte, acht Stunden am Tag, fünf Tage die Woche an einem Schreibtisch zu sitzen, denn das Leben als eine *Zauberhafte* ließ sich nicht in ein derart enges Korsett zwingen. Paige versuchte trotz der Anforderungen ihres anderen Lebens an ihrem Job festzuhalten, aber das führte regelmäßig zu Konflikten. »Denn«, fuhr er fort, »es gibt Zeiten, vor allem je näher wir der Feriensaison kommen, in denen das Büro auch abends und an den Wochenenden geöffnet ist. Von Thanksgiving bis Weihnachten sieht es manchmal aus, als würden wir nie hier rauskommen.«

Oh, dachte sie enttäuscht. Flexibilität in der falschen Richtung. Das würde garantiert nicht funktionieren. Was sollte sie ihren Schwestern erzählen? »Tut mir Leid, ihr seid in diesem Kampf auf euch allein gestellt. Ich muss dafür sorgen, dass der Laden in Carmel genug Ausgaben des neuen Stephen King erhält.«

Dies sah absolut nicht viel versprechend aus. Schade. Es hätte Spaß gemacht, mit Büchern zu arbeiten, selbst wenn sich die meisten Bücher im Lager befanden, während sie in der Lobby am Telefon saß.

Aber ihre Schwestern und ihre Berufung kamen an erster Stelle.

Das muss etwas bedeuten, durchfuhr es sie. Wenn ich nicht gerade über diesen Brief brüte, vertraut mein Unbewusstes ihnen noch immer.

Selbst wenn das Vorstellungsgespräch nicht zum Erfolg führte, tat es gut, das zu wissen.

8

»Piper!«

»Gaaah!« Piper musste einen entsetzten Schrei unterdrücken. Sie war gerade mit einem Klemmbrett in den Weinkeller des Nachtclubs zurückgekehrt, kniete auf dem Boden und zählte die Chardonnay-Kartons, als Leo unbemerkt neben ihr materialisierte. »Ich habe fast einen Herzanfall bekommen«, beschwerte sie sich. Doch trotz ihres vorübergehenden Schreckens war er noch immer ihr Mann. Sie stand auf, ging zu ihm und zog ihn in ihre Arme. »Und du solltest hier gar nicht sein. Was ist, wenn Max hereinkommt?«

Max arbeitete für den Händler, der den Wein lieferte. Sie hatte ihn an der Bar zurückgelassen, damit er dort die Flaschen zählte, aber es bestand immer die Möglichkeit, dass ihm etwas einfiel, was er im Keller überprüfen musste.

»Tut mir Leid, Piper«, murmelte Leo und küsste sie auf die Stirn. »Ich werde es kurz machen, aber ich denke wirklich, du solltest Max absagen und mit mir kommen.«

»Ich kann Max nicht absagen«, erklärte Piper ihm. »So sehr ich es auch liebe, mit dir zusammen zu sein – ich muss diesen Club am Laufen halten. Wir brauchen schließlich ein regelmäßiges Einkommen, verstehst du? Das *P3* ist die beste Einnahmequelle, die wir haben. Ich kann sie nicht aufs Spiel setzen.«

Sie wollte sich wieder an die Inventur machen, aber Leo ergriff sie an den Schultern und sah ihr in die Augen. Dies ist ernst, dämmerte ihr. Er hatte dieses Du-musst-jetzt-auf-mich-hören-Gesicht, und das war etwas, was Leo nicht ohne guten Grund aufsetzte. »Okay, was gibt es?«, fragte sie.

Leo nickte zur Decke. Sie wusste, dass er diesmal nicht den über ihnen liegenden Raum meinte. »Ich habe einige Halliwells besucht«, eröffnete er ihr, »und sie über die gute alte Tante Agnes befragt.«

»Hat eine von ihnen dich geschlagen?«

»Diesmal nicht«, erwiderte er mit einem angedeuteten Lächeln. »Sie haben mir eine Geschichte erzählt. Aber keine fröhliche.«

»Erzähl's mir«, drängte sie. »Und schnell, bevor Max sich fragt, warum ich so lange brauche, um ein paar Kartons Wein zu zählen.«

»Genau das hatte ich vor, Piper. Du musst nur aufhören, mich zu unterbrechen«, sagte ihr Ehemann. Sie tat so, als würde sie ihre Lippen mit einem Reißverschluss verschließen, und ließ ihn weiterreden. »Zu Agnes' Zeit wurde die Familie auf einen Hexer aufmerksam, der unschuldige Menschen tötete. Dies war vor etwa hundert Jahren. Eure Vorfahren mischten sich natürlich ein und versuchten herauszufinden, wer der Hexer war, um ihn aufzuhalten.«

»Natürlich«, nickte Piper. Dann fiel ihr ein, dass ihr Mund verschlossen war, und sie ließ Leo seinen Bericht fortsetzen.

»Sie reduzierten die Möglichkeiten schließlich auf einen einzigen Verdächtigen. Aber Tante Agnes, die wegen ihres hitzigen Temperaments und ihrer allgemeinen Aufsässigkeit ohnehin nicht sehr beliebt war, erklärte, dass ihr Verdächtiger nicht der richtige Mann sein konnte. Er war, behauptete sie, ihr vor langer Zeit verschollener Bruder, der keiner Fliege etwas zu Leide tun konnte. Sie beschützte ihn so lange sie konnte vor dem Rest der Familie. Die ganze Zeit wuchs die Zahl der Opfer. Überall in San Francisco verschwanden Menschen, und obwohl nur ein paar Leichen wieder auftauchten, wussten die Hexen, dass jemand die verschwundenen Menschen ermordete. Und sie waren ziemlich sicher, wer es war.«

»Wir reden hier von einer Menge Leute?«, fragte Piper.

»Einer Menge«, bestätigte Leo. »Schließlich, nachdem sie sich die ganze Familie zum Feind gemacht und Gefühle verletzt hatte, erkannte Agnes ihren Irrtum. Er hatte ihr weisgemacht, dass er ein verschollener Bruder war, was nicht der Wahrheit entsprach. Sie erzählte der Familie von ihrem Irrtum, doch sie weigerte sich noch immer, ihnen zu verraten, wo sich der falsche Bruder versteckte. Dann stellte sie sich selbst dem Hexer zum Kampf. Zu diesem Zeitpunkt war er bereits sehr mächtig geworden. Die Morde hatten seine Kräfte vermehrt. Laut den Familienmitgliedern, mit denen ich gesprochen habe, muss der Kampf schrecklich gewesen sein. Agnes siegte am Ende, obwohl sie schließlich an den Verletzungen starb, die sie davontrug. Sie bezwang den Hexer und das Morden hörte auf.«

»Also ist Ururgroßtante Agnes als Heldin gestorben«, sinnierte Piper. »Das kommt unerwartet, wenn ich bedenke, was Phoebe im *Buch der Schatten* gefunden hat. Oder nicht gefunden hat.«

»Als Heldin, aber nur in dem Sinne, dass sie ein Problem gelöst hat, für das sie zum Teil selbst verantwortlich war«, sagte Leo. »Vergiss nicht, hätte sie sich der Familie nicht in den Weg gestellt, hätten sie ihn viel früher bezwungen, und eine Menge Leben hätten gerettet werden können.«

Ehe sie antworten konnte, hörte sie die tiefe Bassstimme von Max Cooper, der aus dem anderen Raum rief: »Piper? Sind Sie hier?«

Piper sah Leo an, der sich in einem Funkenregen aufzulösen begann. »Ja«, bestätigte sie, als er verschwunden war.

Max steckte seinen Kopf durch die Kellertür. Er war ein attraktiver Mann, der in seiner Freizeit Opern sang und in verschiedenen Spielstätten in der Stadt auftrat. Sie liebte es, ihn reden zu hören, und genoss seine volltönende Stimme. »Ich dachte schon, Sie würden die Weine probieren.«

»So viel Glück habe ich nicht«, erklärte sie ihm. »Ich bin fast fertig. Wie sieht's bei Ihnen aus?«

»Ich bin bereit, eine Bestellung aufzunehmen«, sagte er. »Ich brauche nur noch Sie, hübsche Lady.« Max sang nicht nur gern, wie Piper wusste, sondern er war auch ein unverbesserlicher Flirter. Allerdings meinte er es nicht ernst, und sie störte seine Aufmerksamkeit nicht, obwohl sie es interessant gefunden hätte zu erfahren, wie er reagieren würde, wenn er wüsste, dass ihr Mann, unsichtbar, in der Nähe war.

»Erledigen Sie schon mal den Papierkram, und wir treffen

uns dann an der Bar«, erklärte Piper. Als sich seine Schritte Richtung Bar entfernten, schloss Piper die Kellertür.

»Leo!«, flüsterte sie.

In einem Wirbel aus Licht kehrte er zurück. »Bist du sicher, dass hier nicht mehr vorgeht als nur eine Weinbestellung?«, stichelte er.

Piper schlug ihm gegen die Schulter. »Sind wir mit deiner Geschichte fertig?«

»Fast«, antwortete er. »Ich fand es nur wichtig, dir alles zu erzählen, weil diese Sache mit dem falschen Bruder mich an die Warnung vor Paige erinnerte …«

»Vor einer falschen Schwester«, unterbrach Piper. »In dem Brief stand nicht Paiges Name.«

»Richtig. Jedenfalls könnte es dieser Geschichte einige Glaubwürdigkeit verleihen.«

»Oder es bedeutet vielleicht, dass diese verrückte Agnes von dem Konzept der falschen Geschwister ganz besessen war und völlig durchdrehte«, meinte Piper.

»Vielleicht«, erwiderte Leo. »Sie muss den Brief zu einem Zeitpunkt geschrieben haben, als sie Timothy schon besiegt hatte und kurz darauf an ihren Wunden starb, die ihr in dem Kampf zugefügt wurden. Der Rest der Familie wusste nichts davon, aber sie waren sich sicher, dass sie in Halliwell Manor gestorben sei.«

»Timothy?«, fragte Piper.

Leo nickte. »Das war der Name des Hexers – Timothy. Sagt er dir irgendetwas?«

Piper dachte einen Moment darüber nach. »Nein«, antwortete sie. »Jetzt verschwinde von hier, damit ich mich um Max kümmern kann. Danach können wir zu Phoebe gehen und versuchen, diese Sache zu klären.«

»Ruf mich.« Leo küsste sie kurz und verschwand. Piper beendete eilig ihre Inventur und machte sich auf den Weg zu Max, um die schnellste Bestellung ihrer Karriere aufzugeben, damit sie und Leo sich um wichtigere Dinge kümmern konnten.

Paige sprang fast an die Decke, als das Telefon klingelte. Sie hatte in der Küche gesessen und versuchte, ihre Gedanken zu sortieren. Sie wusste, dass sie zu spät zur Arbeit kam und Mr. Boones Fall noch immer ungelöst war, aber sie konnte sich nicht überwinden, ins Büro zurückzukehren. Dass Phoebe sie für eine Art Schwindlerin hielt ...

Beim vierten Klingeln nahm sie den Hörer ab. »Hallo«, sagte sie lustlos.

»Paige, ich bin's. Timothy.«

Der Klang seiner Stimme brachte ihre Lebensgeister wieder zurück, bis ihr einfiel, dass er es gewesen war, der ihr geraten hatte, in Phoebes Zimmer nachzusehen. »Hi«, sagte sie traurig. »Ich habe den Brief gefunden, Timothy, den ich suchen sollte.«

»Das klingt nicht nach guten Neuigkeiten«, meinte er. Es klang, als würde er sich Sorgen um sie machen.

»Weißt du nicht, was darin steht?«, fragte sie ihn. »Du scheinst doch sonst alles zu wissen. Du wusstest doch auch, dass es ihn gibt und du kennst diese Telefonnummer, obwohl ich sie dir nie gegeben habe.«

»Ich versuche nur, dir zu helfen, Paige. Ich wusste von dem Brief, das stimmt. Aber ich dachte, er wäre wichtig. Wenn Phoebe dir nicht traut, musst du es wissen.«

»Warum?«

»Ihr seid die *Zauberhaften*«, erwiderte er. »Euer Leben hängt davon ab, dass ihr euch gegenseitig unterstützt, dass ihr wisst, dass die eine Schwester immer für die andere eintritt. Wenn sie dir misstraut und dich während eurer Kämpfe ständig im Auge behält, wird sie irgendwann einen Fehler machen. Sie wird es verpatzen, und sobald sie aus dem Spiel ist, bist du und Piper ein leichteres Ziel.«

Paige ging mit dem Hörer zurück an den Tisch und setzte sich. »Ich schätze, das stimmt«, sagte sie nachdenklich. Mit ihrer freien Hand griff sie nach einer leeren Tasse, die jemand dort stehen gelassen hatte, und drehte sie. Sie hatte das Gefühl, auf einem Karussell gefangen zu sein, das außer

Kontrolle geraten war, und sie wusste nicht, wie sie es verlangsamen sollte oder abspringen konnte. »Aber woher weißt du so viel über uns?«

»Ich habe es dir schon erklärt, Paige«, antwortete er. Er klang so aufrichtig, dass sie es nicht über sich bringen konnte, ihm nicht zu glauben. All ihre Instinkte warnten sie, nicht zu weit zu gehen, doch irgendeine andere Macht, irgendein tief liegendes Gefühl, das sie nicht genau benennen konnte, drängte sie in seine Richtung. Jedes Mal, wenn er sprach, war es, als würde seine Stimme an allen normalen Sinneswahrnehmungen vorbei direkt in diesen inneren Kern eindringen. Dass sie ihm so rückhaltlos vertraute, war fast unnatürlich. »Du hast deine Kräfte, ich habe meine. Vielleicht haben wir uns kennen gelernt, damit ich dir helfe, dich selbst zu beschützen. Ich weiß es nicht. Vielleicht weiß ich diese Dinge, weil ich dich so sehr mag.«

Sie hätte dies gern geglaubt. Sie hätte gern jemanden gehabt, der ihr sagte, was sie glauben solle, denn alles war so verwirrend geworden. Aber zuerst musste sie wissen, wem sie trauen konnte. Und das war die wichtigste Frage. »Vielleicht.«

»Du darfst dich davon nicht unterkriegen lassen, Paige«, mahnte Timothy. »Du musst dir so schnell wie möglich über alles im Klaren werden und es hinter dir lassen.«

»Du hast Recht, Timothy. Aber wie mache ich das?«

»Schau dich im Haus um«, erwiderte er. »Vielleicht kannst du noch mehr von Tante Agnes' Hinterlassenschaften finden. Wer weiß, ein Tagebuch, weitere Briefe, irgendetwas, das dir wenigstens hilft, die Handschrift zu vergleichen, damit du sicher sein kannst, dass sie wirklich diesen Brief geschrieben hat, oder das dir weitere Informationen liefert. Vielleicht wird es dir helfen herauszufinden, was du tun musst, oder ob sie überhaupt eine zuverlässige Quelle ist. Wenn du Phoebe überzeugen kannst, dass sie eine verrückte alte Schachtel war, wird zwischen euch wieder alles in Ordnung sein.«

»Ich schätze, ich könnte auf dem Dachboden nachsehen«, sagte Paige.

»Das wäre ein guter Ort«, stimmte Timothy zu. »Aber kümmere dich nicht um das *Buch der Schatten*. Du weißt, dass Phoebe dort schon nachgeschaut haben muss.«

Er hatte Recht. Dass er so oft Recht hatte, wenn es um ihre Halbschwestern ging, war richtig unheimlich.

»Okay«, sagte sie. »Ich werde mich umsehen. Soll ich dich anrufen, wenn ich fertig bin?«

»Ich werde dich anrufen«, entgegnete er. »Viel Glück, Paige.«

Er legte auf. Paige starrte lange Zeit den Hörer an, bevor sie ihn zurück zur Gabel trug. Woher wusste er, dass es der richtige Zeitpunkt war, um mich anzurufen?, fragte sie sich.

Aber andererseits, woher wusste er all die anderen Dinge?

Da sie alle zusammen an der Besprechung teilgenommen hatten, fuhren die Mitglieder der Sonderkommission diesmal sofort zum Tatort. Als sie mit drei verschiedenen Autos am Fuß von Telegraph Hill eintrafen, näherten sie sich gemeinsam der Leiche. Uniformierte Officers hatten den Tatort bereits abgesperrt, ein Fotograf war damit beschäftigt, ihn abzulichten, und an einer Seite warteten die Kriminaltechniker darauf, mit ihrer feinen Detailarbeit zu beginnen und jeden Quadratzentimeter nach etwaigen Spuren abzusuchen, die der Mörder hinterlassen hatte.

Wieder war das Opfer weiblich.

»Karen Nakamura«, berichtete einer der uniformierten Officers am Tatort. »Dreiundfünfzig, laut ihrem Führerschein. Sie wohnt drüben in der Kearny, Telegraph Hill, in einer dieser Eigentumswohnungen mit Blick auf das Wasser.«

Es bedeutete, dass sie recht vermögend war. Diese Eigentumswohnungen waren nicht gerade billig. Darryl streifte ein Paar Wegwerflatexhandschuhe über, musterte die Leiche und schärfte sich ein, dass er ein Cop und es sein Job war, seine eigenen Gefühle beiseite zu schieben und sie mit einem leidenschaftslosen Auge zu betrachten, dem kein wichtiger Hinweis entgehen würde. Stichwunden, seltsam geformt wie bei den anderen, und feuchte Flecken an ihrer Designerkleidung.

»Fällt Ihnen auf, was anders ist?«, fragte Monroe Jackson ihn.

Darryl sah sich am Tatort um. Eine stille Straße, keine sichtbaren Zeugen, eine Frauenleiche. Er wollte schon eingestehen, dass er es nicht wusste, als er plötzlich begriff.

Die Straße war nebelverhangen und dämmerig, aber es war noch immer Tag. Die anderen Morde waren alle im Schutz der Nacht verübt worden.

»Es ist Tag«, sagte er leise.

Johnson nickte. »Der Kerl wird dreister. Oder rücksichtsloser.«

»Oder beides.«

»Sein Tempo nimmt außerdem zu«, sagte Lorraine hinter ihnen. »Diesmal hat er nicht einmal volle vierundzwanzig Stunden gewartet. Der Drang zum Töten war zu stark, um ihm zu widerstehen. Er musste sich ein weiteres Opfer suchen. Vielleicht ist nun ein Teil des Drucks abgebaut, aber vielleicht wird er heute Nacht noch einmal zuschlagen.«

»Wir müssen diesen Kerl von den Straßen holen«, meinte Stephanie, die zu ihnen trat.

»Das ist genau das, was ich gesagt habe«, nickte Lorraine. »Worauf warten wir dann noch?«

»Befragen die uniformierten Kollegen die Nachbarschaft?«, wollte Johnson von ihr wissen.

»Ja. Sie werden uns informieren, wenn sich etwas Neues ergibt. Wir können nicht zulassen, dass die Zahl der Opfer noch weiter steigt, Leute. Sie ist bereits viel zu hoch.«

Einen kurzen, unwillkommenen Moment sah Darryl wieder das Haus im Tenderloin District vor sich, wo die Überschwemmung des Kellers die Überreste von fast fünfzig Mordopfern ans Licht gespült hatte. Er hatte in der letzten

Zeit kaum an diesen Fall gedacht, weil er so mit dem aktuellen beschäftigt gewesen war. Hundert Jahre alte Skelette lieferten nur wenige Hinweise, und Zeugen für ein Verbrechen, das vor einem Jahrhundert begangen worden war, waren schwer aufzutreiben. Es gab gewiss Leute, für die eine Aufklärung wichtig war: Nachkommen der Opfer, deren Familien nie erfahren hatten, was aus ihren Liebsten geworden war. Beerdigungen mit leeren Särgen, gebannt auf Fotos, die schwierige Fragen aufwarfen, aber keine Antworten lieferten.

Aber er wusste, wer auch immer diese fünfzig ermordet hatte, stellte keine Gefahr mehr dar. Er musste diesen so genannten Nassmörder finden, bevor seine Opferzahl dieselbe schreckliche Höhe erreichte.

»Scobie, Payzant«, sagte Lorraine, »Sie beide konzentrieren sich auf Mrs. Nakamura. Lernen Sie sie kennen. Stellen Sie fest, woher sie kam, wie sie lebte. Hatte sie eine Familie? Einen Ehemann? Einen Geliebten? Überprüfen Sie sie. Finden Sie heraus, ob sie einen Job, ein Auto oder irgendwelche Haustiere hatte. Nehmen Sie alles unter die Lupe.«

»Verstanden, Boss«, nickte Leonard Scobie.

»Der Rest von Ihnen hat Jobs zu erledigen, und Sie wissen, was Sie zu tun haben«, fuhr Lorraine fort. »Ich will mehr über diesen Kerl wissen, wenn die Sonne untergeht. Er wird wieder töten, und ich will zur Stelle sein, um ihn aufzuhalten, bevor er die Gelegenheit dazu bekommt.«

9

COLE HATTE AN DIESEM MORGEN einen Spaziergang durch den Tenderloin District gemacht und das Gebäude überprüft, von dem Piper und Leo ihm erzählt hatten. Es war nicht schwer zu finden. Das gelbe Absperrband der Polizei schützte noch immer die Tür und die Fenster vor neugierigen Augen, und an der Front des Nachbarhauses stand nach wie vor das Gerüst, das den Sanierungsarbeiten diente, die für die Überschwemmung des Kellers verantwortlich gewesen waren. Aus dem Apartmentgebäude drang der schimmelige Gestank des abgestandenen Wassers nach draußen, vermischt mit dem Geruch verwester Knochen.

Als er es sich so gut es ging angesehen hatte, notierte er die Adresse und ging in Richtung Rathaus. Der Tenderloin District war eins von San Franciscos ärmsten Vierteln, viele Sozialhilfeempfänger und Obdachlose lebten hier. An manchen Morgen, diesen eingeschlossen, schienen mehr Menschen auf den Straßen zu hausen als irgendwelchen Wohnungen. Nur ein paar Blocks weiter standen San Franciscos bekannteste Häuser, die aussahen, als wären sie aus den Hauptstädten Europas importiert worden. Cole passierte die großen Gebäude, bis er das Rathaus erreichte, das kuppelgekrönte Meisterwerk der französischen Renaissance. Cole Turner hatte in seinen Tagen als Assistent des Bezirksstaatsanwalts viel Zeit hier verbracht. Deshalb hielt er den Kopf gesenkt und sah auf den Marmorboden, als er eintrat, statt zu dem prächtigen Treppenhaus und Rundbau aufzublicken, in der Hoffnung, nicht erkannt zu werden.

Als er unbemerkt das Stadtarchiv erreicht hatte, entspannte er sich ein wenig. Das Personal wechselte hier oft, und das Risiko, dass ihn irgendjemand aus jener Zeit wieder erkennen würde, war äußerst gering. Nachdem er ein paar Momente gewartet hatte, kam ein hübsches, asiatisches Mädchen aus einem Hinterzimmer und schenkte ihm ein fröhliches Lächeln. Sie trug eine enge rote Seidenbluse, eine noch engere schwarze Stretchhose und hochhackige Schuhe, die nicht bequem sein konnten, sie aber ein paar Zentimeter größer erscheinen ließen. »Ich komme gleich zu Ihnen«, sagte sie freundlich. Er fing den Hauch eines moschusähnlichen, exotischen Parfüms auf, das er nicht kannte. Es hätte zu Piper nicht gepasst, aber es wirkte anziehend bei dieser jungen Frau.

Er lächelte zurück. »Lassen Sie sich ruhig Zeit.«

Sie ging zu ihrem Schreibtisch, nahm den Telefonhörer ab und wählte eine Nummer. Nach einem kurzen Gespräch legte sie auf. »Tut mir Leid, dass es so lange gedauert hat«, entschuldigte sie sich. »Kann ich irgendetwas für Sie tun?«

Er zeigte ihr den Zettel mit der Adresse. »Ich brauche den Grundbuchauszug für dieses Gebäude«, erklärte er.

Sie warf einen Blick auf das Papier. »Kein Problem. Geht es um die derzeitigen Eigentümer?«

»Nein«, erwiderte Cole. »Sagen wir von 1880 bis 1910.«

Sie senkte den Zettel und warf ihm einen neugierigen Blick zu. »Okay«, nickte sie. »Sie sind doch nicht, äh, in Eile, oder?«

»Ich habe etwas Zeit«, versicherte er ihr. Er sah sich im Wartebereich um, aber es gab keine Stühle. »Ich mache es mir hier einfach bequem. Im Stehen.«

»Tun Sie das«, sagte sie. Sie nahm den Zettel und ging zurück in den Aktenraum.

Zweiundzwanzig Minuten später kehrte sie mit einem dünnen, uralt aussehenden Aktenordner in den Händen zurück. »Sie sind ja noch immer hier«, stellte sie fest. »Die meisten Leute geben auf, wenn es länger als fünf Minuten dauert.«

»Zu wenig Geduld«, entgegnete Cole. »Zu viel *Sesamstraße* und MTV.«

Sie lachte. »Genau so ist es.« Sie legte den Ordner auf den Tresen und schlug ihn auf. »Jedenfalls scheint das Gebäude, an dem Sie interessiert sind, eine bemerkenswerte Geschichte zu haben. Erbaut von einem Mann namens Herman Gates, der ohne Testament verstarb. Die Stadt gelangte schließlich in den Besitz des Hauses, als sich herausstellte, dass der arme Mr. Gates keine Erben hatte und ihr sowieso große Summen an städtischen Gebühren schuldete. Es gab eine kurze Auseinandersetzung mit dem Staat, der das Anwesen ebenfalls beanspruchte, aber die Stadt gewann.«

Sie lehnte sich an den Tresen und fuhr mit den Fingern über das Deckblatt der Akte. Cole glaubte allmählich, dass es ihr um mehr ging, als ihm Auskünfte zu erteilen. Es hatte eine Zeit in seinem Leben gegeben, in der er interessiert gewesen wäre, aber er war jetzt mit Phoebe zusammen, und alle anderen Frauen verblassten im Vergleich zu ihr.

»Er hatte bereits einen Teil des Gebäudes als Apartments vermietet, sodass die Stadt einfach den Flügel, in dem er gelebt hatte, in Wohnungen aufteilte«, sagte sie mit einer Stimme, die etwas leiser war als noch einem Moment zuvor. »Es wurde ein Verwalter eingestellt, um ... nun ja, das Haus zu verwalten, schätze ich. Nun, obwohl ich nicht genau wusste, wonach Sie suchen, dachte ich mir, dass Sie vielleicht nicht nur an den Grundbuchauszügen, sondern auch an dem Mieterverzeichnis interessiert sind. Denn der Stadt gehörte es für den Großteil der Zeit, die Sie erwähnten. Bei einem anderen Vermieter hätten Sie kein Glück gehabt, denn nur die Stadt führt ein Mieterverzeichnis.« Sie sah ihm in die Augen. »Heute scheint Ihr Glückstag zu sein.«

Cole schluckte. »Ich bin, äh, an einem Kellerapartment interessiert.«

»Kellerapartments sind selten in San Francisco«, meinte sie. Ihr Atem roch wie Wintergrün. »Meine Wohnung liegt im vierten Stock. Wenn man sich aus dem Fenster lehnt und nach rechts schaut, kann man Alcatraz sehen.«

»Eine schöne Aussicht«, erwiderte er nervös. »Wissen Sie, wer während dieser Zeit das Kellerapartment bewohnte?«

Die junge Frau seufzte und schlug den Aktenordner auf.

»Flora Jackson, bis 1901. Danach ein paar Monate lang Hans Schieffel. Er starb. Nach 1901 ... oh, das ist interessant.«

»Was?«

»Der letzte Mieter dort unten war jemand namens Timothy McBride. Laut einem Vermerk verschwand er im Jahr 1904 spurlos. Er hatte seine Miete im Voraus bezahlt und nicht gekündigt. Er verließ eines Tages einfach die Wohnung und kam nie mehr zurück. Danach zogen noch andere Mieter aus, und die Stadt hatte größte Mühe, die Apartments überhaupt noch zu vermieten. Sie bot das Gebäude 1911 zum Verkauf an, um die Verluste zu begrenzen.«

»Nach diesem McBride hat also niemand mehr im Keller gewohnt?«

»Es scheint so zu sein. Bis ein William Levine das Gebäude im Jahr 1912 kaufte, aber das liegt außerhalb der Zeitspanne, die Sie interessiert.«

»Das ist richtig«, bestätigte Cole. »Sie waren sehr hilfsbereit, vielen Dank.«

Sie blinzelte mit den Augen, ein Trick, von dem er geglaubt hätte, das er mit den Kinofilmen der Vierziger ausgestorben war. Doch er funktionierte bei ihr. »Wenn Sie wollen, können Sie mich später in meiner Wohnung besuchen«, sagte sie. »Sie müssen sich nicht Alcatraz ansehen, aber ich könnte Ihnen den Himmel auf Erden zeigen.«

»Das ist ein sehr großzügiges Angebot«, antwortete Cole. »Aber ich, äh, habe mein Herz bereits an San Francisco verloren.«

Sie blickte enttäuscht drein. »Wenn Sie wüssten, wie oft am Tag ich das höre.«

Cole verließ rasch das Zimmer. Draußen schaute er wieder auf den Boden, bis er in Sicherheit war. Der Besuch hatte ihm doch nicht so sehr geholfen, wie er gehofft hatte, obwohl er nicht ganz sicher war, was ihm die alten Unterlagen hätten verraten können. Immerhin hatte er einen Namen. Timothy McBride war ein möglicher Verdächtiger, weil er ohne Vorankündigung verschwunden war. Die Tatsache, dass nach ihm niemand die Wohnung hatte mieten wollen, konnte vielleicht auch etwas bedeuten. Cole kannte die Welt gut genug, um alles in Betracht zu ziehen, was viele so genannte rationale Leute belächelt hätten, dass nämlich der Tatort so vieler Morde zumindest in dem Apartment eine unangenehme Schwingung hinterlassen haben musste. Fast niemand hätte sich dort wohl gefühlt, mit der Ausnahme des Mörders. Aber er hatte noch immer keine Ahnung, wie er McBride ausfindig machen konnte, keine Hinweise darauf, wohin er verschwunden war, um dieses Schlachthaus hinter sich zu lassen. Er würde sich mit Piper und Leo zusammensetzen müssen. Doch vorher wollte er sich mit Phoebe treffen, um zu erfahren, wie das Vorstellungsgespräch verlaufen war, und vielleicht hatte sie ja eine Idee, wie das Puzzle zu lösen sei.

Paige befolgte Timothys Ratschlag und ging hinauf zum Dachboden, um nachzusehen, ob sie weitere Hinterlassenschaften von Tante Agnes finden würde. Als sie die Treppe hinaufstieg, hatte sie das Gefühl, Steine an ihren Beinen zu haben. Es schien genug Gründe zu geben, dieses Vorhaben fallen zu lassen, und keinen, an ihm festzuhalten.

Nun, es gab doch einen Grund. Sie wollte beweisen, dass sie eine *Zauberhafte* war, loyal zur Familie und ihrer Mission. Zu dem Zeitpunkt, an dem sie Piper und Phoebe kennen gelernt hatte, hätte sie es vielleicht willkommen geheißen, dem zu entgehen, was ihr Schicksal zu sein schien. Aber jetzt war sie entschlossen, genau dies zu erfüllen. Sie hatte ein Recht darauf, ob es den anderen nun gefiel oder nicht.

Als sie im fünften Schuljahr gewesen war, waren ihre Eltern und sie in ein Einkaufszentrum gegangen. Aber ihr Dad und ihre Mom wollten einige Geschäfte besuchen, die Paige tödlich langweilig fand, und so hatten sie sich geeinigt, dass sie allein losziehen konnte, solange sie sie zu einem bestimmten Zeitpunkt am Eingang des Einkaufszentrums wieder traf. Zuerst hatte sie die Freiheit genossen, aber nach einer Weile hatte sie angefangen, sich einsam zu fühlen.

Dann war sie zum Treffpunkt gegangen, hatte dort jedoch keine Eltern gesehen. Sie hatte gewartet und gewartet und sich immer unbehaglicher gefühlt. Die Fremden, die vorbeigingen, sahen nicht mehr interessant, sondern bedrohlich aus. Paige hatte sich schon gefragt, ob ihre Eltern sie verlassen hatten, als endlich ihr Dad aufgetaucht war, aufgelöst, und sie erfuhr, dass sie an einem völlig anderen Eingang verabredet gewesen waren und ihre Eltern dort voller Sorge um sie dreißig Minuten lang gewartet hatten.

Jetzt bekam sie dasselbe Gefühl gegenüber ihren Halbschwestern, das Gefühl, dass sie sie irgendwie im Stich ließen, weil sie ihr nicht vertrauten.

Als Paige die Dachbodentür öffnete, schlug eine neue Welle der Hilflosigkeit über ihr zusammen. Der Dachboden war der Lagerraum für fast alles, was die Nachkommen von Melinda Warren hinterlassen hatten. Es gab Kisten, Aktenschränke, Schreibtische, Kommoden, Truhen, Koffer und noch mehr Kisten. Da es keine Neonpfeile gab, die auf die einzelnen Stücke zeigten, und nichts mit »AGNES« in Großbuchstaben gekennzeichnet war, hatte sie keine Ahnung, wo sie ihre Suche beginnen sollte. Jede Minute, die sie hier mit ihrer fruchtlosen Suche verbrachte, war eine weitere Minute, in der Mr. Cowan ausflippen und sich fragen würde, wo sie steckte. Sie hätte schon vor einer Stunde anrufen sollen.

Aber zumindest gab es etwas, das sie dagegen tun konnte. Sie streckte eine Hand aus und sagte: »Telefon.« Das schnurlose Gerät materialisierte in ihrer Hand, und sie wählte Cowans Nummer. Als er sich meldete, sagte sie: »Mr. Cowan, hier ist Paige Matthews.«

»Ich habe diesen Namen schon einmal gehört«, grollte er. »Richtig, es gab eine Paige Matthews, die *früher* hier gearbeitet hat. Aber sie –«

»Mr. Cowan, es tut mir Leid, dass ich nicht schon früher angerufen habe«, unterbrach sie ihn. »Ich bin zum Mittagessen nach Hause gegangen, als mir plötzlich schwindlig wurde. Ich wollte mich nur eine Minute hinlegen und bin erst jetzt aufgewacht. Ich habe etwas Fieber und ... nun, ich schätze, ich bin krank.«

»Sie klingen nicht besonders gut«, sagte er. Das machte ihr etwas Sorgen, denn sie hatte nicht vorgehabt, krank zu klingen. Vielleicht verriet sie nur die Niedergeschlagenheit in ihrer Stimme.

»Ja, das liegt daran, dass es mir nicht gut geht«, erwiderte sie. »Ich bin aber sicher, dass es mir morgen wieder gut gehen wird, nachdem ich etwas geschlafen habe.«

»Kommen Sie morgen pünktlich, Matthews«, drohte er. Sie konnte sich vorstellen, wie er beim Sprechen an seinem Ziegenbart zupfte, eine Gewohnheit, die verriet, dass er besonders verärgert oder nervös war. »Oder Sie brauchen überhaupt nicht mehr zu kommen.« Er legte auf.

Das lief gut, dachte sie sarkastisch. Jedenfalls typisch. Das Telefon verschwand wieder dorthin, wo es herkam, und Paige beugte sich über die nächste Kiste.

Nach ein paar Kartons entwickelte sie ein System. Sie hebelte eine Kiste auf, und ein Blick verriet ihr das ungefähre Alter des Inhalts. Es gab eine Vielzahl von interessant aussehenden Gegenständen in den Kisten, die in ihr den Wunsch erweckten, mehr Zeit mit ihnen zu verbringen. Es war ein wenig wie Weihnachten in einem Antiquitätengeschäft, mit dem zusätzlichen Vorteil, dass keins der Dinge in den Kisten ein Preisschild hatte. Aber heute hatte sie ein spezielles Ziel im Sinn. Allmählich dämmerte ihr, dass die Pappkartons eher aus der Mitte bis Ende des zwanzigsten Jahrhunderts stammten, und dass das, was sie suchte, aus einer viel früheren Zeit war. Deshalb richtete sie ihre Aufmerksamkeit auf die älteren Kisten.

Schließlich fand sie, wonach sie suchte: eine alte Truhe, die Verschlussspange rostig, aber unverschlossen, die Seiten schwarz vom Alter. Sie klappte den Deckel zurück und sah an seiner Innenseite den mit einem feinen Stift geschriebenen Namen AGNES HALLIWELL. Die Handschrift hatte eine bemerkenswerte Ähnlichkeit mit der in dem Brief, und Paige sank das Herz.

In der Truhe fand sie einen weißen Spitzenschal, der noch immer in einem erstaunlich guten Zustand war, und darunter, eingewickelt in dünnem Papier, das so alt war, dass es zwischen ihren Fingerspitzen zerbröselte, zwei weiche Seidenblusen, beide cremefarben. Es gab noch eine separate Holzschachtel in der Truhe, die Paige für ein Schmuckkästchen hielt, bis sie sie öffnete. In ihr fand sie mehrere Kerzen, ein paar verstöpselte Gläser mit den staubigen Überresten von Kräutern, einen Holzmörser und, in Filz eingewickelt, einige kleine Kristalle. Tante Agnes' Sammlung magischer Utensilien. Trotz der Probleme, die die Frau gemacht hatte, spürte Paige in diesem Moment eine tiefe Verbundenheit mit ihr. Sie schloss die Schachtel sorgfältig und durchwühlte den Rest der Sachen in der Truhe, hauptsächlich Kleidung, die schon bessere Tage erlebt hatte. Aber zwischen zwei zerschlissenen Pullovern steckte ein interessanteres Objekt, ein alter Handspiegel mit einer wunderschön gearbeiteten Miniatur an der Rückseite, die eine pastorale Szene zeigte, und goldenen, bogenförmigen Verzierungen, die das Glas umrahmten. Paige konnte der Versuchung nicht widerstehen, sich in dem Glas zu betrachten, das trotz des offensichtlichen Alters des Spiegels hell und klar war.

Während sie dies tat, hörte sie in der Ferne das Telefon klingeln. Ihr fiel ein, dass sie offiziell krank und zu Hause war, und ließ das Telefon in ihrer Hand materialisieren.

»Hier ist Paige«, sagte sie und bemühte sich diesmal, erschöpft zu klingen.

»Paige, ich bin's, Timothy. Ist alles okay?«

»Wie machst du das nur?«, wunderte sie sich. »Ich habe gerade Tante Agnes' Truhe durchsucht.«

»Was hast du gefunden? Irgendetwas Hilfreiches?«, fragte er.

»Nein, eigentlich nicht. Ihre alten magischen Werkzeuge, einige Kleidung, einen wirklich schönen Spiegel. Das ist alles.«

Timothy war einen Moment lang still. Als er wieder sprach, hatte seine Stimme einen neuen Ton, einen, den sie bis jetzt noch nicht gehört hatte. »Paige, ich sage es dir nicht gern, aber ich fürchte, du bist in Gefahr.«

Sie lachte, doch dann merkte sie, wie ernst er klang. »Es tut mir Leid, Timothy. Aber ich hier in Gefahr? Das ist für mich der sicherste Ort auf der Welt.«

»Du irrst dich. Wenn du deinen Halbschwestern trauen könntest und wenn sie dir trauen würden, dann wäre es sicherlich so. Aber bis du sie davon überzeugen kannst, dass du wirklich ihre Halbschwester und nicht irgendeine Hochstaplerin oder Schwindlerin bist, ist es für dich kein guter Ort. Bei einem Dämonenangriff würden sie nicht wissen, wo du stehst. Sie würden sowohl dir als auch den Dämonen ausweichen müssen. Jemand könnte ernsthaft verletzt werden, und ich fürchte, du könntest es sein.«

Was er natürlich nicht erwähnte war, dass Phoebe und Piper sich auch einfach gegen sie wenden konnten, wenn sie davon überzeugt waren, dass in Tante Agnes' Brief die Wahrheit stand. Paige glaubte nicht daran, aber sie musste zugeben, dass die Tatsache, dass sie dieselbe Handschrift auf dem Truhendeckel gefunden hatte, dem Brief Authentizität verlieh.

»Was soll ich deiner Meinung nach tun?«, fragte sie ihn.

»Wir sollten uns treffen und unter vier Augen miteinander reden«, riet Timothy. »Uns wird schon etwas einfallen. Ich weiß, dass es uns gelingen wird. Ich werde dich beschützen.«

Paige dachte etwa zehn Sekunden darüber nach. Es wäre gut, Timothy wieder zu sehen. Er war in dieser schwierigen Phase die ganze Zeit auf ihrer Seite gewesen. Und er klang so überzeugend, dass sie glaubte, all das unbeschadet überstehen zu können. Mit seiner Hilfe.

»Wo bist du?«, fragte sie.

»Wir treffen uns im Golden Gate Park«, antwortete er. »Bei der holländischen Windmühle. In einer halben Stunde.«

»Okay«, sagte sie. »Bis später.«

»Oh, Paige«, fügte er hastig hinzu, bevor sie auflegen konnte, »bring auch Tante Agnes' Spiegel mit.«

»Den Spiegel?«, wiederholte Paige. »Warum?«

»Ich will nur etwas ausprobieren«, erklärte Timothy ihr. »Ich denke, es wird helfen.«

Paige zuckte die Schultern. »Okay«, sagte sie wieder. »Was auch immer. Wir sehen uns.«

Sie beendete die Verbindung, ließ das Telefon verschwinden und griff nach dem wunderschönen Spiegel. Sie fühlte sich so gut wie nie, seit sie den Brief gefunden hatte. Zumindest tat sie etwas, unternahm Schritte, um diese ganze verrückte Situation zu klären.

Und sie wusste, dass Timothy die ganze Zeit an ihrer Seite sein würde.

Nun, das hätte viel schlimmer ausgehen können, dachte Phoebe, als sie das Büro der Buchhandlungskette verließ. Michael Langdon hatte sie noch eine Weile länger befragt und sie dann mit ins Lager genommen, um ihr die Firma zu zeigen. Aber dort war es so staubig gewesen, dass sie unkontrolliert niesen musste. Schließlich hatte Langdon sie zurück in sein Büro geführt und ihr eine Schachtel Wegwerftaschentücher und ein Glas Wasser gegeben, dann aus einem Schrank eine Dose Lysol genommen und jeden Gegenstand eingesprüht, den Phoebe berührt hatte. »Ich kann es mir nicht leisten, krank zu werden, verstehen Sie?«, erklärte er ihr.

»Ich bin nicht krank«, protestierte sie schniefend. »Es liegt nur an all dem Staub.«

»Trotzdem ist es besser, kein Risiko einzugehen.«

Nachdem sie ihr Niesen unter Kontrolle gebracht und er die Dose mit dem antibakteriellen Spray halb geleert hatte, versprach er ihr, sie binnen einer Woche anzurufen, und brachte sie zur Tür. Als sie nach draußen trat, war sie aus irgendeinem Grund ziemlich sicher, dass sie diesen Ort nie wieder sehen würde. Und genauso sicher, dass sie es auch nicht wollte.

Bevor sie den Jeep erreichte, materialisierten Leo und Piper vor ihr.

»Oh, hallo«, sagte Phoebe. »Wollt ihr euch ansehen, wo ich nicht arbeiten werde?«

»Wir haben ein paar Neuigkeiten«, erwiderte Piper. »Und wir glauben nicht, dass es gute Neuigkeiten sind.«

»Über wen?«, fragte Phoebe sie.

»Über Tante Agnes. Zunächst einmal.« Piper betrachtete den Verkehr, der an ihnen vorbeirauschte. »Können wir irgendwohin gehen, wo wir ungestört sind, und reden?«

»Ich bin mit Cole im *City Brew* verabredet«, erklärte Phoebe. »Er wollte mir zur Feier des Tages einen Milchkaffee spendieren. Oder zum Trost«, fügte sie hinzu.

»Ist er jetzt dort?«, fragte Leo.

»Er müsste.«

»Lass den Wagen stehen«, sagte er. »Ich werde fahren.«

Eine Sekunde später standen sie vor dem *City Brew*. Cole sah sie ankommen und nahm Phoebe sofort in die Arme.

»Wie ist es gelaufen?«, fragte er und küsste sie sanft auf die Lippen. Sie mochte den Kuss viel mehr als die Antwort, die sie geben musste.

»Nicht gut. Aber ich werde dir später all die blutrünstigen Einzelheiten erzählen. Offenbar gibt es im Moment dringendere Angelegenheiten, und wir müssen uns heute Nachmittag noch um etwas anderes kümmern.« Sie hatte die Frau aus ihrer Vision nicht vergessen, die sie noch immer vor Einbruch der Dunkelheit finden musste. Und die Dunkelheit rückte mit jeder Minute näher.

Das *City Brew* war ein beliebtes Café in ihrem Viertel, in dem es morgens recht voll, den Rest des Tages über aber relativ ruhig war. Die Einrichtung war bewusst billig gehalten, mit Tischen und Stühlen, die nicht zueinander passten, ein paar niedrigen Sofas und einem Tresen, der noch aus dem Saloon stammte, der in den Vierzigern hier gewesen war.

»Hier ist die Kurzfassung, über das, was ich herausgefunden habe«, begann Leo, als sie sich gesetzt hatten. »Agnes zerstritt sich mit der Familie, weil sie einen Hexer namens Timothy schützte, der unschuldige Menschen ermordet und ihr weisgemacht hatte, dass er in Wirklichkeit ihr Bruder war. Sobald sie erkannte, dass er sie manipuliert hatte, wandte sie sich gegen ihn und besiegte ihn. Aber in dem Kampf verwundete er sie, und ihre Verletzungen erwiesen sich als tödlich. Ende von Agnes, Ende der Geschichte.«

»Nicht ganz«, widersprach Cole.

»Wieso?«, fragte Phoebe. Ihr Milchkaffee war noch immer zu heiß, um ihn zu trinken, und so blies sie hinein, während sie zuhörte.

»Denn sofern es sich nicht um einen bemerkenswerten Zufall handelt, ist Timothy wieder aufgetaucht.«

»Das Tenderloin-Haus?«, warf Leo ein.

Cole nickte. »Ein gewisser Timothy McBride hatte das Kellerapartment dort gemietet. Er verschwand spurlos, obwohl er die Miete im Voraus bezahlt hatte. Nachdem er verschwand, wollte niemand die Wohnung mieten, niemand wollte irgendeine Wohnung in dem Gebäude mieten, was das angeht. Die Stadt musste das Haus verkaufen.«

»Was ein wichtiger Punkt ist«, sagte Piper. Sie leckte Schaum von ihrer Oberlippe.

»Korrekt«, bestätigte Cole. »Ich schätze, all diese Leichen waren der Grund, warum der alte Timothy seine Kaution nicht zurückverlangt hat.«

»Nun, das und die Tatsache, dass Tante Agnes ihn besiegt hat«, fügte Phoebe hinzu, »was es einem schwer macht, die Post aus dem Briefkasten zu holen.«

»Mal sehen, ob ich alles richtig verstanden habe«, sagte Phoebe. »Agnes war in etwas verwickelt, das mich sehr an den Brief erinnert, den wir haben und der angeblich von ihr stammt, nur dass in ihrem Fall sie es war, die auf die erschwindelte Geschwistergeschichte hereinfiel. Der fragliche falsche Bruder war dieser Timothy Soundso –«

»McBride«, warf Cole ein.

»– und sie besiegte ihn, aber er tötete sie. Zuvor war er

damit beschäftigt, fünfzig oder mehr Menschen zu ermorden und in seinem Keller zu vergraben.«

»Was auch der Grund war, warum die Familie hinter ihm her war«, erklärte Piper. »Denn schon damals beschützten die Halliwells die Unschuldigen, und er tötete Unschuldige.«

Phoebe warf ihr einen Du-unterbrichst-Blick zu, sagte aber nichts. »Und jetzt haben wir zufälligerweise einen Brief, der uns vor einem sehr ähnlichen Ereignis warnt, von dem wir glauben –«

»Von dem *du* glaubst«, unterbrach Piper erneut.

»– von dem einige von uns glauben, dass es möglicherweise mit Paige zu tun hat. Gleichzeitig tauchen die Opfer dieses Timothys auf. Außerdem treibt zur selben Zeit in San Francisco ein Mörder sein Unwesen und tötet Frauen.«

»Dieser Teil könnte zwar ein Zufall sein«, bemerkte Leo, »aber das glaube ich nicht.«

»Ich auch nicht«, nickte Cole. »Ich denke, es klingt, als wäre Agnes' alter Freund Timothy zurückgekehrt.«

»Ist das möglich?«, fragte Phoebe. »Obwohl er bezwungen wurde?«

»Das hängt davon ab, welche Art von Zauber sie benutzt hat«, antwortete Leo. »Die kurze Antwort ist Ja, unter bestimmten Umständen. Vor allem, wenn sie schwer verwundet war und an Kraft verlor.«

Piper hob zögernd eine Hand, als wäre sie wieder in der Schule. »Denkt irgendjemand, dass wir vielleicht Paige suchen sollten?«

Cole zog ein Handy aus seiner Jacketttasche und gab es Piper. Sie wählte die Nummer von Paiges Büro, sprach eine Minute mit dem, der sich meldete, und beendete die Verbindung. »Paige ist krank und zu Hause«, erklärte sie und sah Leo an.

»Schon verstanden«, sagte Leo. Er schaute sich um, stellte fest, dass niemand sie beobachtete, und brachte sie alle in Sekundenschnelle nach Halliwell Manor. Phoebe hatte ihren Milchkaffee noch immer nicht angerührt.

Das Haus war leer. Phoebe glaubte, dass möglicherweise während ihrer Abwesenheit jemand in ihrem Zimmer gewesen war, doch sie war nicht sicher. Die Schublade ihres Nachttischs war ein winziges Stück herausgezogen und in der Luft hing ein Duft, der Paiges Parfüm sein konnte, doch er war zu schwach, um es mit Gewissheit sagen zu können. Sie gingen von Raum zu Raum, und nach ein paar Momenten rief Piper mit Panik in der Stimme vom Dachboden herunter. Phoebe rannte die Treppe hinauf und nahm bei jedem Schritt drei Stufen auf einmal.

Als sie oben ankamen, zeigte Piper ihnen mit besorgtem Gesicht eine alte, abgewetzte Truhe in der Mitte des Raumes. »Das hat dich so aufgeregt?«, fragte Phoebe ungläubig.

»Sie ist offen«, erklärte sie. »Ich bin ziemlich sicher, dass Paige hier oben gewesen ist.« Sie wies auf einen Schriftzug an der Innenseite des Deckels: der Name Agnes Halliwell.

»Oh, Mist!«, entfuhr es Phoebe.

»Genau meine Meinung«, nickte Piper.

10

»ICH DENKE, WIR BRAUCHEN HIER die Hilfe eines Experten«, sagte Leo. Ohne weitere Erklärungen verschwand er vom Dachboden. Die beiden Halliwell-Schwestern und Cole starrten sich verwirrt an.

»Wo ist er hin?«, fragte Phoebe.

Piper zuckte die Schultern. »Ich bin seine Frau, nicht seine Aufpasserin.«

»Es scheint mir ein seltsamer Zeitpunkt zu sein, um einfach zu verschwinden«, bemerkte Cole.

»Ich weiß nicht, ob es dir klar ist, Cole«, sagte Piper, die noch immer vor der Truhe kniete, »aber der Großteil der Welt würde sein Verschwinden an sich für ziemlich seltsam halten.«

»Nun, ich denke, wir sollten uns über ihn nicht den Kopf zerbrechen«, erklärte Phoebe. »Wir haben hier genug zu tun. Wir müssen herausfinden, was es ist oder war, das Paige in dieser Truhe gefunden hat, und feststellen, ob es irgendeinen Hinweis darauf gibt, wohin sie gegangen ist. Und wie dies alles mit diesem Timothy McBride und den Morden zusammenhängt. Außerdem müssen wir es schnell tun, denn es wird heute Nacht einen weiteren Mord geben, wenn wir es nicht verhindern.«

Piper unterbrach die Untersuchung der Truhe und fixierte Phoebe mit einem ruhigen Blick. »Vision?«

Phoebe nickte.

»Und wann wolltest du uns davon erzählen?«

Phoebe zuckte die Schultern. »Ich, äh, erzähle es jetzt.«

»Du hattest wirklich eine Vorahnung, dass dieser McBride jemanden tötet?«, fragte Cole.

»Nun, ich weiß nicht mit Sicherheit, ob es McBride war, da ich nicht weiß, wie er aussieht. Und ich habe außerdem den Mörder nicht deutlich gesehen. Die ganze Szene war dunkel und neblig. Aber ich würde die Frau wieder erkennen. Recht hübsch, olivenfarbene Haut, dunkle Haare, in einer Uniform. Wie die Uniform einer Kellnerin.«

»Aber du hattest keine Visionen von den vorherigen Morden«, erinnerte Piper, »obwohl wir denken, dass sie alle das Werk desselben Hexers sind.«

»Das ist richtig.«

»Vielleicht«, sagte Cole, »bedeutet das, dass er mächtiger geworden ist und wir deshalb seine Spur wahrnehmen können.«

»Möglich«, nickte Piper. »Hast du die Uniform erkannt, Phoebe? Oder den Ort? Irgendetwas, das uns hilft, den Mord zu verhindern?«

»Eigentlich nicht«, gestand Phoebe düster. »Flecken an ihren Schuhen, bei denen es sich um Muschelsuppe handeln könnte. Ich habe bei ihr das deutliche Gefühl gehabt, dass sie irgendetwas mit Meeresfrüchten zu tun hat.«

Piper hob enttäuscht die Hände und dachte an all die Fischrestaurants, in denen sie gegessen hatte, ganz zu schweigen von den vielen, in die sie noch nie einen Fuß hineingesetzt hatte. »Das reduziert es auf nur tausend Lokale in der ganzen Stadt.«

»Ich habe nicht behauptet, dass es eine hilfreiche Vorahnung war«, verteidigte sich Phoebe. »Ich habe nur gesagt, dass ich eine hatte.«

»Wir müssen einfach versuchen, McBride aufzuspüren, bevor er erneut zuschlägt«, sagte Cole.

Piper holte tief Luft und zwang sich, ein Thema anzusprechen, das sie schon eine ganze Weile belastete. »Da ist noch etwas anderes, an dem wir arbeiten sollten«, sagte sie, Phoebe mit einem ruhigen Blick fixierend.

»Was?«

»Du und ich. Wir gehen uns gegenseitig an die Kehle, seit du diesen Traum hattest.«

Phoebe nickte. »Weil du – im Gegensatz zu mir – dem Brief keinen Glauben schenken wolltest.«

»Richtig«, bestätigte Piper. »Aber kommt es dir nicht auch

ein wenig seltsam vor, wie schnell wir uns zerstritten haben? Es ist, als könnten wir nicht einmal darüber reden.«

»Und was sollen wir jetzt tun?«, fragte Phoebe mit einer Spur Bitterkeit in der Stimme.

»Genau das meine ich«, fuhr Piper fort. »Ich muss all meine Selbstbeherrschung aufbringen, nur um dich nicht anzuschreien. Und ich wette, dir geht es genauso.«

»Vielleicht –«

»Und es ist nicht nur wegen Paige, nicht wahr?«

Phoebe dachte einen Moment darüber nach. »Ich schätze nicht«, räumte sie ein. »Es ist mehr ... ich weiß nicht. Eine allgemeine Sache.«

»Exakt«, sagte Piper nachdrücklich. »Denkst du, dass wir irgendwie verzaubert wurden? Dass wir uns streiten, weil wir dazu gezwungen werden?«

»Es ergibt Sinn, Phoebe«, warf Cole ein. »Mehr Sinn als der Gedanke, dass Piper plötzlich eine starrköpfige alte ...« Er brach mitten im Satz ab. »Nicht, dass du etwas Derartiges gesagt hättest.«

Phoebe antwortete nicht, sondern blätterte stattdessen eilig im *Buch der Schatten*. Piper dachte, dass sie bewusst die Situation ignorierte, und ärgerte sich bereits wieder. Aber vielleicht, dämmerte ihr, ist das die Folge des Zaubers. Ich wünschte nur, ich könnte es unterscheiden. »Was machst du da?«, fragte sie schließlich.

Phoebe hörte lange genug auf zu blättern, um ihr einen genervten Blick zuzuwerfen. »Ich suche nach einem Gegenzauber.«

Plötzlich war ein Schimmern in der Luft, und Leo tauchte wieder auf. Er war nicht allein. Die Frau in seiner Begleitung war alt, doch von ihr ging eine Aura der Kraft aus. Ihre Schultern waren breit, ihr Rücken gerade und sie hielt ihren silberhaarigen Kopf gebieterisch erhoben. Sie hatte kleine, hellblaue Augen und sah auf die Halliwell-Schwestern hinunter, obwohl sie nur ein paar Zentimeter größer war als sie. Piper wusste sofort, dass sie ein Geist war, und glaubte zu ahnen, wessen.

»Vielleicht können wir euch helfen«, sagte Leo, wobei er sich, wie Piper annahm, auf Coles letzte Bemerkung bezog. »Piper, Phoebe, ich möchte euch Tante Agnes vorstellen.«

Piper hatte dies schon vermutet, aber der schockierte Ausdruck auf Phoebes Gesicht verriet ihr, dass es für ihre Schwester eine Überraschung war. »Aber ich dachte –«

»Ihr dachtet, dass ich nichts mit der Halliwell-Familie zu tun haben will«, unterbrach Agnes. Ihre Stimme war kalt und hart, wie ein Dolch aus Eis.

»Nun, grundsätzlich ja.«

»Ihr hattet Recht«, eröffnete Agnes ihnen. »Das wollte ich auch nicht. Ich will es noch immer nicht. Aber euer Leo ...« Ihr Blick wanderte zu Piper und verharrte bei ihr. »Dein Leo, nehme ich an?«

Piper war nicht ganz sicher, wie sie darauf antworten sollte. »Ich ... ich schätze schon, ja.«

»Dein Leo«, fuhr sie fort, ohne Pipers Antwort abzuwarten, »überzeugte mich, dass Timothy McBride irgendwie zurückgekehrt ist.«

»So sehen wir es auch«, nickte Piper.

»Ich habe ihn einst bezwungen.«

»Das haben wir gehört«, sagte Phoebe. »Deshalb sind wir auch nicht ganz sicher, wie oder warum er zurückgekehrt ist.«

»Ich bin mir in dieser Hinsicht auch nicht ganz sicher«, gab Agnes zu. »Sage mir, Piper, da du meine Sachen durchwühlt zu haben scheinst, ist ein Handspiegel in dieser Truhe?«

Piper hatte keinen gesehen, aber sie hatte auch nicht danach gesucht. Sie schaute erneut nach. »Ich kann keinen finden.«

Agnes gab einen tiefen Seufzer von sich. »Das hatte ich schon befürchtet«, sagte sie düster.

»Warum erzählst du uns nicht, was passiert ist?«, fragte Leo. »Und was dieser Spiegel mit all dem zu tun hat. Diese jungen Damen haben eine Halbschwester, und wir befürchten, dass sie irgendwie in diese Sache verwickelt wurde.«

»Nun gut«, erwiderte Agnes. »All das ist vor hundert Jahren passiert, müsst ihr wissen.«

Phoebe lehnte sich an einen alten Schreibtisch und erwartete offenbar eine lange Geschichte. Piper machte es sich im Schneidersitz bequem.

Agnes blieb kerzengerade stehen. Sie trug eine weiße Bluse mit vertikalen Falten, die an ihrer schmalen Taille in einem langen schwarzen Rock steckte. Ihre Hände ruhten an ihren Seiten. »Ich habe nicht gesagt, dass es langweilig wird, meine Damen, ich sagte nur, dass es vor langer Zeit passiert ist. Die Dinge müssen nicht brandneu sein, um aufregend zu sein. Wir hatten zu meiner Zeit eine Menge Aufregung, das kann ich euch versichern.«

»Agnes ...«, drängte Leo sanft.

»Nun gut. Ich kann sehen, dass Geduld ein weiterer Charakterzug ist, der seit langem aus der Mode gekommen ist.«

»Wir machen uns nur Sorgen um unsere Halbschwester«, erinnerte Phoebe. »Und um eine andere Frau, die ich in einer Vision gesehen habe. Sie ist ebenfalls in Gefahr.«

Agnes räusperte sich. »In Ordnung«, nickte sie. »Ich werde die überflüssigen Teile auslassen und mich auf das Wesentliche konzentrieren. Ich habe einen Hexer namens Timothy McBride kennen gelernt. Er war sehr nett, gut aussehend und höflich, und er sagte mir, er wäre ein Hexer. Während wir uns unterhielten, wurde klar, dass wir viel gemeinsam hatten. Wir redeten länger, und ich erkannte, dass mehr dahinter steckte: Er schien mein lange verschollener Halbbruder zu sein, ein Sohn, den meine Mutter geboren hatte, nachdem sie den Kontakt zum Rest der Familie verloren hatte.«

»Wie Paige«, warf Phoebe ein.

Agnes ignorierte sie und fuhr fort. »Timothy und ich führten mehrere Gespräche und kamen schließlich zu dem Schluss, dass wir Geschwister sein müssten. Oder wenigstens dachte ich das. Aber während dieser Zeit entführte ein Hexer überall in der Stadt unschuldige Menschen. Die Leute waren verängstigt. Sie wussten nicht, wohin ihre Freunde und Liebsten verschwunden waren. Wir glaubten, dass sie von einem Hexer getötet wurden, der irgendwie einen Weg gefunden hatte, seine Kräfte durch den Tod normaler Menschen zu vergrößern. Und so versuchten wir alle, den Hexer zu finden, und dann entschied der Rest der Familie, dass es Timothy war.«

Sie schniefte wütend, als würde sie sich wieder an die Schmach erinnern. »Nun, ich wollte einfach nicht glauben, dass mein neu gefundener Bruder der Hexer war. Er war der netteste Mensch, den ich je getroffen hatte, und ganz gewiss kein Mörder. Als sie ihn beschuldigten, verteidigte ich ihn. Ich sagte ihnen, dass sie sich irrten, sie konnten unmöglich den richtigen Hexer gefunden haben. Dann ging ich zu Timothy und warnte ihn. Ich sagte ihm, dass er auf sich aufpassen müsse und ich ihm beistehen würde, wenn er seine Unschuld beweisen konnte. Wie ihr wisst«, fuhr sie fort, »tat ich mehr als nur das. Ich versteckte ihn vor dem Rest der Familie. Ich wehrte die Zauber meiner eigenen Schwestern ab. Ich beschützte ihn. Die Familie hat mich deswegen gehasst, sie hasst mich noch immer, bis zum heutigen Tag. Und ich habe ihnen nicht vergeben, wie sie mich behandelt haben. Obwohl sie Recht hatten und ich nicht.«

Etwas wie echte Trauer glomm dann in ihren Augen auf, und Piper war wie immer überrascht, dass die Gefühle nicht mit dem Körper eines Menschen starben. Körperliche Schmerzen und Leiden vergingen, aber jene Dinge, die wirklich wehtaten –, existierten so lange wie das Bewusstsein. Der Tod, hatte sie gelernt, war kein Ende, sondern lediglich ein Übergang, und ein Mensch war auf der anderen Seite im Grunde derselbe wie zuvor.

»Eines Tages ist mir klar geworden, als ich mit Timothy an dem Ort war, wo wir uns versteckt hatten, in einem Apartment, das er in Tenderloin gemietet hatte. Ich versuchte mithilfe eines magischen Spiegels, der mir gehörte, eine meiner Schwestern zu lokalisieren, als Timothy zufällig vor den Spiegel trat. Und das Spiegelbild zeigte nicht den gut aussehenden, starken Bruder, den ich mir eingebildet hatte, sondern ein entstelltes, böses Wesen, nämlich das Monster, das er wirklich war. Er hatte meine Sinne mit einer Art Tarnzauber getäuscht, aber den Spiegel konnte er nicht überlisten.«

Das muss der Spiegel sein, nach dem sie gefragt hatte, dachte Piper. Der Spiegel, der in der Truhe sein sollte, aber nicht da ist. Und da wir glauben, dass Paige die Truhe geöffnet hat, hat sie jetzt vielleicht den Spiegel.

Agnes fuhr mit ihrer Geschichte fort, und ihr Ton verriet von nun an weniger Trauer als Zorn. »Ich begriff dann, dass er mich getäuscht und mich benutzt hatte, um ihn vor dem Rest der Familie zu beschützen. Ich war wütend, doch als ich mich umdrehte und versuchte, ihn mit all dem zu konfrontieren, konnte ich nur den Timothy sehen, dem ich vertraut hatte. Ich konnte es noch immer nicht über mich bringen, gegen ihn zu kämpfen. Er war böse, das hatte ich inzwischen akzeptiert, aber er gehörte noch immer zur Familie. Doch als ihm dämmerte, dass ich etwas wusste, war er bereit, mich zu töten. Ich musste etwas unternehmen und ich musste es sofort tun. Und so betrachtete ich wieder sein Bild im Spiegel und schleuderte meinen Bezwingungszauber in sein wahres Gesicht, das Spiegelbild.«

»Und du hast ihn erfolgreich bezwungen«, sagte Leo.

»Das dachte ich«, erwiderte Agnes, »obwohl ich in dem Kampf von ihm ebenfalls verwundet wurde, tödlich, wie sich herausstellte. Ich verbannte sein körperliches Wesen in den Spiegel, wo es, wie ich erwartete, für immer gefangen sein würde. Aber nach dem, was ihr mir erzählt habt, habe ich mich vielleicht geirrt. Vielleicht verblieb irgendein Teil seiner Essenz außerhalb des Spiegels, und er arbeitet jetzt daran, seine körperliche Gestalt zurückzugewinnen, indem er Unschuldige tötet und so seine Kräfte mehrt.«

»Danach klingt es jedenfalls«, nickte Leo.

»Weißt du, wie wir ihn finden können? Ihn aufhalten können?«, fragte Phoebe.

»Ich bin mir nicht ganz sicher«, antwortete Agnes. »Schließlich habe ich offenbar nicht so gute Arbeit geleistet, wie ich ursprünglich dachte. Aber eine Sache ist sicher.«

»Welche?«, fragte Piper.

»Ihr müsst diesen Spiegel finden«, erklärte der Geist, »bevor er es tut.«

Darryl Morris saß an seinem Schreibtisch im Großraumbüro und betrachtete durch die halb geöffneten Jalousien die neblige Straße vor seinem Fenster. Das Wetter an diesem Tag hatte Dutzende von schweren und leichten Verkehrsunfällen ausgelöst. In einem Fall hatte ein Taxi die Geschwindigkeit einer entgegenkommenden Straßenbahn falsch eingeschätzt und versucht, vor ihr links abzubiegen. Die mächtige Stahlstoßstange der Straßenbahn hatte den linken vorderen Kotflügel des Taxis erfasst und weit aufgerissen und, um die Sache noch schlimmer zu machen, das Auto gegen eine Ampel geschleudert, die daraufhin ausgefallen war.

Der Verkehr war an dieser und vielen anderen Unfallstellen zum Stillstand gekommen, was zu Streit, Schlägereien und in einem Fall zu einer Schießerei geführt hatte. Doch zum Glück hatte der Schütze sein Ziel verfehlt, und die Kugel hatte zwar das Schaufenster eines italienischen Schneiders zerschmettert, aber niemanden verletzt. San Francisco hatte ein bemerkenswert beständiges Wetter, wie Darryl wusste, und der Temperaturunterschied zwischen Winter und Sommer betrug weniger als zwanzig Grad. Und gerade weil es so beständig war, geriet die Stadt von etwas Ungewöhnlichem wie diesem Nebel völlig außer Kontrolle.

Nachdem er den Nakamura-Tatort begutachtet hatte, war er an seinen Schreibtisch zurückgekehrt und hatte die Telefonunterlagen der Opfer miteinander verglichen. Seine Augen brannten, und hinter seinen Schläfen baute sich ein pochender Kopfschmerz auf. Aber das spielte keine Rolle. Er würde weitermachen und alles tun, was in seiner Macht stand, um diesen Mörder zu fassen.

Er hatte herausgefunden, dass Julia Tilton und Rosa Porfiro in den letzten zehn Tagen die Ticketinformationsstelle desselben Kinos angerufen hatten, allerdings nicht am selben Tag, sodass die Chance gering war, dass sie zusammen ins Kino gegangen waren. Wells, Nakamura und Winter hatten alle in den vergangenen Tagen die 555-1212 angerufen, um sich die korrekte Zeit durchgeben zu lassen, doch das war ohne Bedeutung. Denn Darryl hatte festgestellt, dass die Zeitansage automatisiert war. Und vor vier Tagen hatte Nakamura eine Nummer angerufen, die Tilton neunzehn Tage zuvor gewählt hatte, eine Nummer, bei der es sich, wie Darryl herausgefunden hatte, um die Beschwerdestelle für Zeitungsabonnenten handelte.

Soweit er wusste, stand der Rest der Sonderkommission ebenfalls mit leeren Händen da, es gab keine Verbindungen zwischen den Opfern. Damit blieb nur eine Möglichkeit: Die Morde waren zufällig begangen worden, ein Verbrechen aus Gelegenheit. Und der Mörder würde deshalb viel schwerer zu finden sein.

Paige hatte den Golden Gate Park immer geliebt, schon als kleines Kind. Sie verbrachte dort nicht so viel Zeit, wie sie es gerne gewollt hätte, aber allein das Wissen, dass es ihn gab, eine grüne Zuflucht vor dem Beton und Stahl, aus dem der Rest der Stadt bestand, erfüllte sie mit einem gewissen Seelenfrieden. Sie mochte die Museen, die erzwungene Stille des japanischen Teegartens, die überwältigende Vielzahl an Pflanzen, die Boote auf dem Stow Lake und die Miniaturboote auf dem Spreckels Lake, und sie genoss es, über die vielen Wege und Wiesen zu wandern. Die Vielzahl an Bäumen auf diesen wenigen Kilometern war absolut erstaunlich, angefangen von weit ausladenden Eichen über importierte Eukalyptusbäume bis hin zu riesigen Redwoods, die nach den Wolken griffen.

In der Junior High hatte sie einen Aufsatz über die holländische Windmühle geschrieben, und ihr fiel wieder ein Teil von dem ein, was sie dabei herausgefunden hatte. Das Land, auf dem der Park angelegt worden war, hatte ursprünglich aus Sanddünen bestanden. Um dieses sandige Ödland in einen Park mit einer Million Bäume und einer blühenden, artenreichen Flora zu verwandeln, waren gewaltige Mengen an Wasser erforderlich gewesen. Zu diesem Zweck errichtete die Stadt im Jahr 1903 in der nordwestlichen Ecke des Parks die holländische Windmühle, die genauso aussah und funktionierte wie die in den Niederlanden. Das mächtige, dreiundzwanzig Meter hohe Betonbauwerk mit seinen über dreißig Meter langen Windmühlenflügeln war in der Lage, pro Stunde hundertvierzigtausend Liter Wasser heraufzupumpen, Wasser, das, auf natürliche Weise durch die Sanddünen gefiltert, rein genug war, um die Frischwasserseen zu speisen. Eine zweite Windmühle wurde kurz danach in der südwestlichen Ecke errichtet, aber beide wurden schließlich durch elektrische Pumpen ersetzt. Jetzt waren die Bauwerke nur noch Sehenswürdigkeiten, die ansonsten keinem praktischen Zweck dienten.

Der Nebel war heute in dichten Schwaden vom Meer heraufgezogen, sodass Paige froh war, ihre Lederjacke zu tragen. Das Kuppeldach der Windmühle war kaum zu erkennen. Die oberen Teile der Flügelblätter waren dem Blick völlig entzogen. Nebel trieb durch die Bäume in der Umgebung wie der Rauch eines Waldfeuers, verhüllte ihre Wipfel und Äste und sogar die Stämme jener, die nicht in der Nähe der Lichtung am Fuß der Windmühle wuchsen. In hellgrauem Licht schienen die rosa und weißen und tiefroten Rhododendren zu leuchten.

Paige konnte Timothy nirgendwo entdecken. Sie stand in der Mitte des Rasens, der die Windmühle umgab, neben den Blumenbeeten, und drehte sich langsam um ihre Achse. Der Tag war so kalt und feucht, dass keine Touristen in der Nähe waren und keine der Hochzeiten stattfand, die oft im Schatten des Bauwerks abgehalten wurden. Einen Moment lang glaubte sie, dass jemand von der hölzernen Plattform, die den oberen Teil der Windmühle umgab, auf sie herunterblickte, doch dann riss der Nebel auf, und sie bemerkte, dass sie sich geirrt hatte. Das Licht hatte ihr einen Streich gespielt. Die einzigen Laute, die sie hörte, waren das ferne Rauschen der Brandung jenseits des Great Highways und das gelegentliche Knarren der hölzernen, gitterähnlichen Mühlenflügel im Wind. Als die Windmühle in Betrieb gewesen war, waren die Flügel mit Segeltuch bespannt gewesen, sodass der Wind den Pumpenmechanismus hinter den meterdicken Wänden des Bauwerks antrieb.

Alles in allem, dachte sie, ist dies ein überraschend unheimlicher Ort, wenn keine anderen Menschen da sind. »Timothy?«, rief sie in der Hoffnung, dass er irgendwo in der Nähe war, vielleicht hinter den wallenden Nebelschwaden. »Wo bist du?«

Eine volle Minute verging, vielleicht noch mehr, bevor er antwortete. »Hier hinten, Paige«, antwortete er wie aus weiter Ferne. »Zwischen den Bäumen.«

Sie blickte in die Richtung, aus der seine Stimme kam, wo jenseits des grasbewachsenen Streifens und der Blumenbeete rund um die Windmühle eine dichte Baumgruppe stand. Die Stämme waren hell, fast unsichtbar im Nebel, und die Äste wuchsen hoch über dem Boden. Sie starrte in den Nebel zwischen den Bäumen und entdeckte schließlich ein bleiches Oval, bei dem es sich um Timothys Gesicht handeln musste.

»Was machst du da?«, fragte sie mit einem nervösen leisen Lachen. »Komm her.«

»In den Bäumen ist es sicherer«, erwiderte Timothy. »Komm du zu mir.«

»Sicherer?«, wiederholte sie. »Sicher vor was?« Aber sie ging trotzdem zu ihm.

Er beantwortete Paiges Frage nicht, sondern stellte selbst eine. »Hast du den Spiegel mitgebracht?«

Während sie sich den Bäumen näherte, schien Timothys Gesicht im Nebel zu schweben. Sie war nicht sicher, was da vor sich ging – oder warum er so geheimnistuerisch an Tante Agnes' Spiegel interessiert war. Sie fand die ganze Situation mehr als nur ein wenig verstörend. Alles, was er für sie getan, alles, was er gesagt hatte, warf mehr Fragen als Antworten auf. Während sie sich ihren Weg zwischen den gespenstischen Baumstämmen bahnte, entschied Paige, dass sie ein paar Antworten hören wollte, und zwar jetzt. Sie wollte nicht die Art Mädchen sein, die einem praktisch Fremden mehr vertraute als ihren Halbschwestern.

»Was machst du da, Timothy?«, fragte sie erneut. »Komm her, ich werde dich schon nicht beißen.«

»Antworte mir«, erwiderte er. Seine Stimme klang plötzlich nachdrücklicher und gebieterischer als in der Vergangenheit und vielleicht auch ein wenig verärgert. »Hast du ihn mitgebracht?«

»Du hast mich doch darum gebeten«, antwortete sie ausdruckslos. »Natürlich habe ich ihn mitgebracht. Aber ich möchte auch, dass du mir ein paar Fragen beantwortest.«

»Das werde ich, ich verspreche es, Paige.« Jetzt klang er wieder wie der Timothy, den sie kennen gelernt hatte. »Aber ich brauche den Spiegel. Gib ihn mir, und ich werde alle Fragen beantworten, die du mir stellst. Alle.«

»Nun, komm her und hole ihn.« Sie wollte nicht durch das Unterholz marschieren, das jenseits der Windmühlenlichtung dichter wurde, sondern erwartete, dass er ihr wenigstens auf halbem Weg entgegenkam. Vor allem, da jetzt einige Anzeichen verrieten, dass er doch nicht der nette Kerl war, für den sie ihn gehalten hatte. Sie nahm den Spiegel aus ihrem Rucksack und zeigte ihn. Er war erst dann wieder deutlich zu erkennen, als sich der Nebel verzog. Sie glaubte noch immer, dass das trübe Tageslicht und der Nebel ihren Augen einen Streich spielten, aber sie war sich dessen mit einem Mal nicht mehr so sicher.

»Lege den Spiegel dort auf die freie Fläche«, sagte er. Sie sah, worauf er deutete, eine winzige Lichtung zwischen vier Bäumen, wo kein Unterholz wuchs und herabgefallenes

Laub den Boden bedeckte. »Dann tritt zurück, und ich werde kommen und ihn holen.«

»Was ist los mit dir, Timothy?«, wollte Paige wissen. »Warum nimmst du ihn nicht einfach aus meiner Hand?« Ihr fiel jetzt ein, dass sie ihn noch nie berührt hatte, dass er sogar, als sie ihm ihre Telefonnummer gab, gewartet hatte, bis sie sie auf den Tisch legte, bevor er sie nahm. Plötzlich kam ihr diese Tatsache sehr bedeutsam vor, obwohl sie nicht ganz sicher war, was sie bedeutete. »Stimmt etwas nicht mit dir? Bist du krank oder so?«

»Paige«, sagte Timothy abrupt, »leg einfach den Spiegel hin und tritt zurück.«

Sie fuchtelte provozierend mit dem Spiegel in der Luft. »Was ist los? Ich will es wissen, Timothy. Ich will, dass du es mir sagst.«

»Ich habe dir bereits gesagt, dass ich all deine Fragen beantworten werde, Paige. Jetzt tu das, worum ich dich bitte. Leg den Spiegel dorthin. Ich werde kommen und ihn holen, und alles wird gut. Ich kann dir jetzt noch nicht erklären, warum ich nicht will, dass du in der Nähe bleibst. Aber wenn du mir den Spiegel gegeben hast, wird alles gut. Wir werden zusammen sein können, Paige. Solange wir wollen, du und ich.«

Sie konnte nicht leugnen, dass sie ähnliche Gedanken gehabt hatte, zumindest bis vor einigen Augenblicken. Er schien alles gewesen zu sein, was sie sich gewünscht hatte: gut aussehend, nett, witzig und nicht wie andere Männer von ihren Hexenkräften eingeschüchtert. Natürlich kannte sie ihn nicht gut genug, um zu wissen, ob es wirklich eine Grundlage für eine ernsthafte Beziehung gab. Es war überraschend, dass er so redete, als wäre eine Romanze zwischen ihnen eine Selbstverständlichkeit, überraschend und auf eine seltsame Weise aufregend und schmeichelhaft. Sie mochte es, wenn ein Mann die Initiative ergriff, und der Umstand, dass er sie offenbar für attraktiv hielt, gefiel ihr außerordentlich.

Nur die Sache mit dem Spiegel war ein wenig seltsam.

Aber daran war nichts auszusetzen, oder? Schließlich war sie eine Hexe, und noch vor ein paar Monaten hätte sie selbst dies für mehr als nur bizarr gehalten. Ihr stand es wirklich nicht zu, entschied sie, andere zu verurteilen, nur weil sie sich merkwürdig benahmen.

Jedenfalls war sie jetzt eine mächtige Hexe. Ganz gleich, was mit ihm los war, sie war sich sicher, dass er ihr nichts zu Leide tun wollte. Und wenn, sie würde schon damit fertig werden. Sie hatte viele Male ihr Leben verteidigt und konnte jede Bedrohung bewältigen, die sich ihr stellte.

Aber Tatsache war, dass sie es nicht über sich bringen konnte, ihm zu misstrauen, obwohl sie dachte, dass sie es vielleicht tun sollte. Es war, als wäre ihr kritischer Verstand ausgeschaltet. Jedes Mal, wenn sie begann, ihm gegenüber argwöhnisch zu werden, wurde sie von Unruhe erfasst, doch wenn sie ihm vertraute, wurde es besser. Sie hatte sich immer für eine gute Menschenkennerin gehalten, und irgendetwas in ihr sagte ihr, dass Timothy trotz seines offensichtlich merkwürdigen Verhaltens ein guter Mensch war.

»Okay«, seufzte sie schließlich. »Aber ich sage dir, Timothy, wir werden uns unterhalten müssen, du und ich. Lange und ausführlich.«

»Das ist nur fair«, erwiderte Timothy. »Das ist genau das, was ich will. Wir werden uns unterhalten.« Sie glaubte, dass er lächelte, aber wegen des Nebels war sie nicht ganz sicher.

Dann legte sie den Spiegel auf den Boden.

11

»WIR?«, FRAGTE PHOEBE, sich auf Agnes' letzte Bemerkung beziehend.

Agnes sah sie mit diesen seltsamen hellen Augen an. »Ich fürchte, ich kann an dem bevorstehenden Kampf nicht teilnehmen«, erklärte sie. »Ich verfüge nicht über genug Macht, sicherlich nicht über so viel wie die *Zauberhaften*, und ich habe keine weiteren Informationen beizusteuern, die euch helfen könnten. Nun, es tut mir Leid, aber ich muss jetzt dorthin zurückkehren, wo ich hingehöre.«

Phoebe glaubte, Agnes flackern zu sehen, wie ein projiziertes Filmbild, das ein wenig unscharf wurde. Agnes schien es auch zu spüren, sie sah Leo an, während sich ihre Augen weiteten, und ein Schatten der Angst verdunkelte ihr Gesicht. »Jetzt, Leo«, sagte sie mit nachdrücklicher Stimme.

»Nun gut«, nickte Leo. Agnes schimmerte kurz auf und war dann verschwunden, und nur ein Hauch von Apfelduft blieb zurück. Leo zuckte mit erhobenen Händen die Schultern.

»Ich bin überrascht, dass sie uns so viel Zeit gewidmet hat«, sagte er ruhig. »Ich schätze, mehr konnten wir von ihr nicht erwarten.«

»Oh, nein!«, rief Phoebe.

»Was ist?«, fauchte Piper. Sie starrte ihre Schwester mit einer hochgezogenen Augenbraue an.

»Wir haben vergessen, sie nach dem Brief zu fragen«, sagte Phoebe.

Piper schüttelte bekümmert den Kopf. »Beschäftigst du dich noch immer mit dem Brief? Ich für meinen Teil halte ihn für einen großen, dicken Schwindel, genau wie die Vision oder den Traum oder was auch immer man dir geschickt hat. Beides stammt vermutlich von Timothy McBride. Genau wie der Zauber, der uns so streitlustig macht.«

»Aber zu welchem Zweck?«

»Das werden wir wahrscheinlich erst erfahren, wenn wir

mit Paige gesprochen haben«, warf Leo ein. »Aber da Paige nicht hier ist, ebenso wenig wie Agnes' Spiegel, ist die logische Schlussfolgerung, dass Timothy Paige irgendwie von euch beiden isolieren wollte, um an den Spiegel zu gelangen.«

»Ich bin noch immer von dieser ganzen Sache ein wenig verwirrt«, gestand Phoebe. »Wie ist es Timothy gelungen zurückzukehren, wenn er in diesem Spiegel gefangen war? Und warum jetzt?«

Cole berührte sanft ihre Schulter. »Ich denke nicht, dass wir diese Fragen beantworten können, bis wir ihn finden«, meinte er. »Ich würde sagen, dass vielleicht das Wasser, das seinen alten Friedhof überflutet hat, ihn seine Macht wiedererlangen ließ – es hat vielleicht den Prozess erst in Gang gesetzt. Wenn Agnes Recht hat, reicht es aber noch nicht für eine volle körperliche Existenz. Dafür braucht er den Spiegel.«

»Und um wieder zu töten«, fügte Piper hinzu. »Lasst uns das nicht vergessen.«

»Richtig«, nickte Cole. »Und wir wissen, dass jeder Mord, den er begeht, seine Kräfte stärkt. Vielleicht war er deshalb in der Lage, ein gewisses Maß an Manifestation zu erreichen. Doch um sich ganz zu befreien, braucht er diesen Spiegel.«

»Und er hat mich benutzt, um einen Keil in die Familie zu treiben«, sagte Phoebe. Die Erkenntnis, was sie getan hatte, traf sie wie ein Schlag. Sie blätterte wieder im *Buch der Schatten*, um einen Zauber zu finden, der den Bann neutralisieren konnte, mit dem sie belegt worden waren. »All das, um Paige dazu zu bringen, uns zu misstrauen, damit sie bereit war, ihm das zu geben, was er braucht.«

»Was dann bedeutet, dass sie in Gefahr ist«, stellte Piper fest.

»Und alle anderen auch, sobald er seine körperliche Gestalt zurückgewinnt«, fügte Leo hinzu. »Wir wissen, dass er böse ist. Und mit jedem Opfer wächst seine Macht. Wahrscheinlich meint er, dass er beim letzten Mal zu langsam gewesen ist und nur deshalb von euren Vorfahren bezwungen wurde. Diesen Fehler wird er wahrscheinlich nicht noch einmal machen. Wenn er stark genug ist, wird er Paige etwas antun und die *Macht der Drei* eliminieren. Und dann ist er unbesiegbar.«

Bis jetzt hatte Phoebe nur an sich selbst gedacht, an das, was sie der Familie angetan hatte, indem sie Paige misstraute und sich mit Piper stritt. Jetzt dämmerte ihr, dass es noch viel schlimmer werden konnte. Das Entsetzen, das sie vor einem Moment gespürt hatte, kehrte in dreifacher Stärke zurück. Hatte sie dafür gesorgt, dass ihre Halbschwester in Gefahr war? Sie blinzelte die Tränen fort. »Wir müssen sie finden, Leo. Paige finden. Jetzt.«

Er stand bewegungslos da, mit geschlossenen Augen, den Kopf leicht zur Decke erhoben. Er sah aus, als wäre er in Gedanken verloren.

»Ich schätze, er ist dir einen Schritt voraus«, stellte Cole fest.

Ich liebe diese magische Kraft, die Leo besitzt, durchfuhr es Phoebe. Ein paar Mal hat sie uns schon aus Schwierigkeiten gerettet. Bitte lass uns auch diesmal nicht im Stich.

Einen Moment später riss Leo die Augen auf. »Ich habe sie gefunden«, sagte er schlicht. »Gehen wir.«

Paige hielt Timothy wachsam im Auge, als sie den Spiegel auf das feuchte Laub legte und zurückwich. Er kam ihr noch immer wie ein Geist vor. Sie hatte das Gefühl, die Rinde des Baumes durch seine halb transparente Gestalt sehen zu können. Er trat zu der Lichtung, blieb aber an ihrem Rand stehen, als hätte er Angst, sich vollständig zu enthüllen. Er hielt seinen Blick weiter auf sie gerichtet und sah ihr durchdringend in die Augen, als argwöhne er, dass sie ihre Meinung ändern und wieder nach dem Spiegel greifen würde. Er kann ihn von dort unmöglich erreichen, dachte Paige. Sie verstand nicht, warum er nicht einfach hinging und ihn aufhob.

Was er stattdessen tat, schockierte sie zutiefst. Von seinem

Platz aus streckte er seinen Arm aus, um den Spiegel zu ergreifen. Natürlich war das nicht möglich. Doch als er seinen Arm in Richtung Lichtung hielt, wurde er länger und länger. Trotz Nebel erkannte Paige, dass der Arm feucht und reflektierend war. Sie musste ein paar Mal blinzeln, um sicher zu sein, dass sie es sich nicht nur einbildete. Sein unheimlicher, unmenschlicher Arm sah aus, als würde er aus Millionen von Wassertropfen bestehen, die durch reine Willenskraft zusammengehalten wurden, als wäre er aus Nebelschwaden.

Sie wusste in diesem Moment, dass sie einen schrecklichen Fehler gemacht hatte, und ihr blieb nur noch ein Sekundenbruchteil, um etwas dagegen zu tun. Sie versuchte den Spiegel in ihrer Hand zu materialisieren, doch Timothy reagierte sofort. Der Spiegel war plötzlich von einem bläulichen Leuchten umgeben, das ihn vor ihrer Macht abzuschirmen schien. Vielleicht konnte sie ihn nicht verschwinden lassen, durchfuhr es sie, aber sie konnte ihn noch immer aufheben. Sie wollte sich gerade auf den Spiegel stürzen, als um sie herum Lichter flackerten und sich Leos kräftiger Arm um ihre Hüfte legte und sie zurückhielt.

»Paige, nicht!«, schrie Phoebe mit Panik in der Stimme.

Sie fuhr zu ihren Halbschwestern herum. Alle verfolgten, wie Timothys monströse Gliedmaße den Spiegel von der Matte aus feuchten Blättern riss. »Er ist nicht real«, erklärte Piper ihr.

»Jedenfalls noch nicht«, fügte Cole hinzu.

»Deshalb wollte ich auch den Spiegel zurückholen«, rief Paige.

Leo zuckte die Schultern. »Er ist gefährlich, Paige. Er ist ein Mörder.«

Auf der Lichtung hielt Timothy den Spiegel vor sein Gesicht, als würde er sein eigenes Spiegelbild bewundern. Er sah noch immer wie ein Geist aus, doch ein zutiefst befriedigtes Lächeln huschte über seine Züge. »Du glaubst das doch nicht, oder, Paige? Du kennst mich besser. Habe ich dir je etwas zu Leide getan? Oder sonst jemandem?«, fragte er.

»Ich habe es nicht gesehen«, erwiderte Paige. »Aber ich vertraue meinen Halbschwestern.«

»Ja«, sagte Phoebe. Ihre Stimme klang ein wenig seltsam. Paige warf ihr einen Blick zu und sah, dass sie ein Gesicht machte, als hätte sie etwas Unangenehmes geschluckt. »Schwestern halten zusammen.«

»Wie süß«, erwiderte Timothy. »Ich hatte gehofft, dass du eine Verbündete sein würdest, Paige. Wir wären ein großartiges Team gewesen, du und ich. Aber ich schätze, du hast schon genug für mich getan.« Er holte mit dem Spiegel aus wie mit einem Baseballschläger.

»Das denke ich nicht«, sagte Piper und warf ihm einen Erstarrungszauber entgegen.

Einen Moment lang dachte Paige, dass es funktionieren würde. Er schien mitten in der Bewegung zu erstarren, wie eine Glasskulptur. Aber dann sah sie, dass Piper nur die Wassertropfen eingefroren hatte, aus dem seine körperliche Gestalt bestanden hatte. Schon sammelte er neue Tropfen aus dem Nebel ringsum, und bewegte sich wieder. Er nahm den Spiegel und schmetterte ihn gegen den Stamm des nächsten Baumes.

Das Glas zersplitterte, die Scherben flogen durch die Luft und fielen wie silberne Blätter auf das braune Laub. Ein greller Lichtstrahl folgte – aber es war kein warmes gelbes Licht, sondern fahl. Timothys Gestalt tauchte in ein düsteres Leuchten.

Das Leuchten verblasste schnell, und Timothy ließ die Überreste des Spiegels auf den feuchten Boden fallen. Er hatte sich jetzt verändert; sein Fleisch hatte Substanz, Elastizität, Farbe. Eine milde Brise verfing sich in seinen Haaren. Die Falten seiner legeren Kleidung bestanden jetzt aus echtem Stoff, und Paige dämmerte, das selbst das Rascheln, das sie erzeugte, wenn er sich bewegte, anders war, authentischer. Er war nicht länger eine Schöpfung des Nebels, sondern hatte eine neue Realität gewonnen.

»Gratuliere, Pinocchio«, sagte Paige. »Du bist ein richtiger Junge. Was jetzt?«

»Jetzt kann ich ihn einfrieren«, erklärte Piper und schleuderte ihm einen weiteren Zauber entgegen.

Aber Timothy ließ ein boshaftes Grinsen aufblitzen und malte mit einem Finger einen Kreis in die Luft, der in einem feurigen Licht erglühte und Pipers Zauber wie ein Schild abblockte. »Ich denke nicht, Schwester.« Er lachte und berührte mit der anderen Hand seine Wange. »Hey, das fühlt sich gut an. Noch einmal danke, Paige ... Wenn ich's mir recht überlege, weiß ich nicht, wem von euch ich am meisten danken soll.«

Paige wusste nicht, was er damit meinte, und sah ihre Halbschwestern an. Sie wollte schon eine Erklärung verlangen, als Timothy mit drei Fingern eine knappe Bewegung machte und verschwand.

»Er ist weg?«, schrie Paige wütend. »Einfach so?«

»Er konnte Pipers Zauber mühelos abblocken«, sagte Leo. »Er ist offenbar schon sehr mächtig.«

»Und was sollte das Gerede, dass er nicht wüsste, wem von uns er am meisten danken soll?«, fügte Paige hinzu. »Ich meine, ich bin diejenige, die alles vermasselt und ihm geholfen hat.« Niemand antwortete. »Richtig?«

Noch immer keine Antwort.

»Richtig?«

Phoebe schlang ihre Arme um sich und fröstelte in der kalten, feuchten Luft. »Äh, Paige, du bist nicht die Einzige, die Schuld hat«, erklärte sie. »Aber ich will nicht hier darüber reden. Lass uns nach Hause gehen, okay?«

»Sicher«, nickte Paige. »Ganz wie du meinst.«

Phoebe zog an Leos Arm. »Okay, Leo?«

»Sicher«, antwortete er.

Darryl hatte sich mit Kreditkartenrechnungen beschäftigt und versucht, eine Verbindung herzustellen, die sich in den Telefonunterlagen, Adressbüchern oder Gesprächen mit den

Freunden der Opfer noch nicht gezeigt hatte. Er hatte von einem Serienmordfall im Osten gehört, der gelöst worden war, als sich herausstellte, dass vier Opfer in einem Zeitraum von mehreren Monaten ihre Autos zu demselben Reifengeschäft gebracht hatten. Einer der Angestellten des Reifengeschäfts hatte ihre Adressen von den Auftragsblättern notiert und war in ihre Häuser eingedrungen, wo er sie im Schlaf getötet hatte. Es gab, soweit sich feststellen ließ, keine offensichtlichen Verbindungen, die Opfer waren erwürgt und nicht mit Montiereisen erschlagen worden. Der Zusammenhang war also nicht sofort klar gewesen, hatte sich aber durch den Vergleich der Kreditkartenrechnungen gezeigt.

Diese Frauen hatten noch nicht einmal in derselben Stadt gelebt. San Francisco war recht klein für eine Großstadt, aber dicht besiedelt. Einige Leute zogen ständig von Viertel zu Viertel, während andere stets am selben Ort blieben. Oder sie wohnten an einem Ort und arbeiteten an einem anderen und pendelten hin und her. Aber jemand, der beispielsweise südlich von Market lebte, verbrachte nicht viel Freizeit in Fillmore oder Cow Hollow oder Presidio Heights und umgekehrt.

So saß Darryl da, hatte die Straßenkarte auf seinem Schreibtisch liegen und überprüfte die Adressen, die auf den Kreditkartenrechnungen standen. Er fand ein paar Beinahe-Übereinstimmungen: Julia Tilton zum Beispiel hatte einige CDs in einem Laden in North Beach gekauft, nur zwei Häuser von einer Boutique entfernt, wo Karen Nakamura einen Pashminaschal erworben hatte. Und Gretchen Winter und Sharlene Wells hatten an demselben Tag in derselben Schuhgeschäftskette eingekauft, aber in verschiedenen Zweigniederlassungen.

Wie wählt dieser Kerl seine Opfer aus?, fragte er sich. Die Frauen haben äußerlich keine Ähnlichkeit. Es gibt keine Übereinstimmungen zwischen den Tatorten, abgesehen von der Tatsache, dass sich alle Opfer auf menschenleeren Straßen oder in stillen Vierteln befanden. Die meisten Serienmörder, glaubte er, spielten in ihren Köpfen irgendein krankes Psychodrama nach und töteten dieselbe Person wieder und wieder. Aber dieser brach alle Regeln, von denen er je gehört hatte.

»Glück gehabt? Sagen Sie Ja.« Darryl drehte sich um und sah, dass Lorraine Yee hinter seine linke Schulter getreten war und die Papierstapel auf seinem Schreibtisch betrachtete.

»Ich wünschte, ich könnte es«, antwortete er düster.

»Ich auch. Wir arbeiten hier gegen die Zeit.«

»Es wird noch jemand sterben, wenn wir ihn nicht finden«, nickte Darryl.

»Das auch«, erwiderte Lorraine. »Aber ich meinte noch etwas anderes. Die Bundesagenten lauern im Hintergrund. Wenn wir unseren Mann nicht bis morgen Früh gefasst haben, werden sie den Fall übernehmen. Der Commissioner hat es bereits abgesegnet. Wenn es heute Nacht einen weiteren Mord gibt, werden sie nicht einmal bis morgen warten. Den nächsten Tatort werden Sie und ich nicht einmal betreten können.«

»Sie machen Witze«, sagte Darryl empört. Aber er wusste, dass dem nicht so war.

Ihr ausdrucksloses Gesicht bestätigte es. Da war kein Lachen in ihren Augen, nur jene Traurigkeit, die seit der Gründung der Sonderkommission schon dort gewesen war. Darryl kannte sie nicht gut, aber er wusste, dass sie ihren Job ernst nahm. Es gab Gerüchte, dass sie ihn vielleicht sogar zu ernst nahm, unfähig, ihn von ihrem Privatleben zu trennen. Darryl wusste, dass sie unverheiratet war, doch das traf auch auf ihn und die Hälfte der anderen Cops zu – jene eingeschlossen, die schon einmal verheiratet gewesen waren.

»Dies geht Ihnen nahe, nicht wahr?«, fragte er mitfühlend. Die offene Büronische war nicht der beste Ort, um über persönliche Gefühle zu sprechen, aber sie hatten keine andere Wahl, wenn sie nicht in den abgeschlossenen Konferenzraum der Sonderkommission gehen wollten.

»So wie immer«, bestätigte sie. »Diese Opfer könnten ich

sein, meine Schwester, meine Mutter, verstehen Sie? Ihre Augen auf den Fotos verfolgen mich.«

Darryl verstand, wie sie sich fühlte. Er ging nicht gerne in den Konferenzraum, weil die toten Frauen, deren Bilder an das Brett geheftet waren, ihn anstarrten und von ihm verlangten, für Gerechtigkeit zu sorgen. Aber wenn die Gerüchte über Lorraine stimmten, dann nahm sie Abzüge der Fotos mit nach Hause und hängte sie überall in ihrem Apartment auf, damit sie stets an sie erinnert wurde, wenn sie Frühstück machte, sich die Zähne putzte oder fernsah. Sie konnte ihnen nicht entkommen und versuchte es auch nicht.

Er wusste, dass er nicht auf diese Art leben konnte. Er fragte sich, wer von ihnen der bessere Cop war: Er, weil er zumindest versuchte, professionelle Distanz zu wahren, auch wenn diese Distanz leicht durchbrochen werden konnte, oder sie, weil sie den Schmerz der Opfer nachfühlte und mit ihm lebte, bis der Fall abgeschlossen war. Er dachte, dass wahrscheinlich sie die bessere Polizistin war, schließlich war sie an die Spitze der Sonderkommission berufen worden, während er nur ein Mitglied war. Doch er hatte den Eindruck, dass er es länger in dem Job aushalten würde. Sie würde früher oder später ausbrennen oder erlöschen. Darryl hoffte, dass es noch eine Weile dauern würde, und er hoffte, dass sie die Krise überleben würde, wenn es dazu kam.

Urplötzlich kam ihm ein schrecklicher Gedanke. Er hatte diesen Fall bearbeitet, als wäre der Mörder nur ein Mensch. Aber was war, wenn sich Leos Ahnung als richtig erwies? Was war, wenn dieser Fall irgendwie mit dem Tenderloin-Schlachthaus verbunden und der Mörder irgendeine Art übernatürliches Wesen war? Darryl wusste, dass die *Zauberhaften* ebenfalls an dem Fall arbeiteten und auf ihre Weise versuchten, eine Antwort zu finden, genau wie er und die Sonderkommission. Wenn die Lösung mit dem Übernatürlichen zusammenhing, würden die Halliwells es ihm sagen. Dann musste er, wie er es so oft in der Vergangenheit getan hatte, ihre Spuren verwischen.

Doch wenn sich die Bundesagenten einmischten, war er dazu vielleicht nicht mehr in der Lage. Das FBI hatte sich schon einmal für die Halliwells interessiert. Wenn ihre Ermittlungen irgendwie zu den *Zauberhaften* führten oder sie auf irgendeine Weise auf die Aktivitäten der Halliwells aufmerksam wurden, würde er nicht in der Lage sein, die Bundesagenten zu täuschen.

Darryl wusste, dass die Polizei eine notwendige Aufgabe in der Gesellschaft erfüllte, nämlich für Ordnung und Gesetz zu sorgen. Aber die *Zauberhaften* erfüllten in einem viel größeren Rahmen eine ähnliche Aufgabe. Sie allein wachten an der dünnen Frontlinie zwischen Gut und Böse. Ihre Mission durfte nicht gefährdet werden.

Ihm dämmerte, dass Lorraine noch immer hinter seiner Schulter stand, als würde sie auf etwas warten. »Wir dürfen nicht zulassen, dass sie diesen Fall übernehmen«, erklärte er.

»Wem sagen Sie das«, murmelte sie. Sie drückte auf seltsam vertrauliche Art seine Schulter, wenn er bedachte, dass er sie wirklich nicht so gut kannte. Aber es war, wie er begriff, nur die Kameradschaft des Jobs, die sich in der Geste manifestierte. Sie beide trugen die Dienstmarke, und das schmiedete sie auf eine Weise zusammen, die die Zivilisten nie verstehen würden. »Deshalb brauchen wir einen Durchbruch. Und zwar schnell.«

Dem konnte er nicht widersprechen.

12

ALLES IN ALLEM, dachte Teresa Pineda, als sie den Tisch abräumte und das Geschirr in die Küche trug, war ihr erster Tag in dem Job nicht allzu schlecht verlaufen. Sie hatte natürlich früher schon gekellnert, sodass ihr die Arbeit keine Mühe machte. Lächle immer, flirte ein wenig, lache viel, vergiss die Bestellungen nicht und lass nichts fallen – das waren die Schlüsselwörter. Der harte Teil war die körperliche Anstrengung, die von Leuten, die nie Essen serviert hatten, meistens unterschätzt wurde. Sie war seit acht Stunden auf den Beinen, bewegte sich schnell, huschte zwischen den Tischen hin und her, wich Stühlen aus, wenn die Gäste plötzlich aufstanden, ohne sich vorher umzuschauen, schleppte schwere Tabletts voller Essen und Getränke und räumte nach den Mahlzeiten die Tische ab. Ihre Schuhe waren neu und etwas zu klein, und sie hatte ein paar Tropfen Mayonnaise auf sie verschüttet. Ihre Uniform war ein wenig lächerlich, passte ihr aber gut. Es gab also nicht viel, über das sie sich beschweren konnte. Doch sie wusste, dass ihr morgen alles wehtun würde, weil sie Muskeln benutzte, die sie schon seit einiger Zeit nicht mehr so stark beansprucht hatte.

Dann waren da die Trinkgelder. Sie hatte in einer Vielzahl von Lokalen gearbeitet, aber noch nie in einem Restaurant, das derart stark von Touristen besucht wurde wie dieses in Fisherman's Wharf. Irgendjemand mit einer extremen Vorstellung von einem archetypischen Fischrestaurant hatte es dekoriert, mit Netzen und Fischattrappen an den Wänden und in die Tischplatten eingearbeiteten Meereskarten. Dies war ein Touristenviertel, es gab Souvenirläden, das Ripley's-Museum und das Wachsmuseum, die Tourboote und die restaurierten historischen Schiffe, die Restaurants, die sich darauf spezialisiert hatten, große Menschenmassen in kürzester Zeit zu verköstigen. Die Leute kamen herein, froh, sich endlich hinsetzen zu können, nahmen die Kameras von ihren Hälsen und stellten eine Weile ihre Einkaufstaschen ab.

Teresa hatte ihren Charme eingeschaltet, die Männer an der Schulter oder dem Rücken berührt, die Frauen zu ihrer Kleidung oder ihren Einkäufen gratuliert, mit den Kindern gescherzt. Sie hatte festgestellt, dass die meisten Trinkgelder in Restaurants gegeben wurden, in denen hauptsächlich Leute aus der Nachbarschaft verkehrten, die wussten, dass sie immer wieder kommen würden, und war ein wenig besorgt gewesen, dass sich die Touristen als lausige Trinkgeldgeber erwiesen, da sie das Gefühl hatten, ständig Geld auszugeben, und wussten, dass sie die Kellnerin niemals wieder sehen würden, sobald sie hinausgingen. Aber sie hatte sich um sie bemüht, und sie hatten entsprechend darauf reagiert, und die große Auslastung des Lokals erwies sich ebenfalls als Vorteil. Es war ein arbeitsreicher Tag gewesen, doch sie hatte ein paar hundert Dollar an Trinkgeld kassiert. Es war viel mehr als das, was sie in dem Kopierladen verdient hatte, so viel stand fest. Sie konnte sich jetzt nicht nur die Nachmittagsbetreuung für Jacky leisten, sondern ihm auch hin und wieder etwas Besonderes gönnen. Er hatte gesagt, dass er zu seinem Geburtstag einen Game Boy haben wollte, und sie konnte ihm jetzt seinen Wunsch erfüllen. Außerdem konnte sie das Armband ersetzen, das sie irgendwo verloren hatte.

Sie stellte die Teller auf den Tisch neben Oscar. »*Gracias*«, sagte er lachend. »Ich hatte schon befürchtet, fertig zu werden.«

»Es hört nie auf, was?«, fragte sie.

»Scheint so.« Seine Hände waren unter Wasser, von den Unterarmen an unsichtbar. Seine Schürze sah wie ein modernes Kunstwerk aus, und ein Haarnetz hielt seinen dichten Schopf schwarzer Locken zusammen. Wie alle anderen *Sea-King*-Mitarbeiter roch er nach Fisch. »Du hast jetzt Feierabend, stimmt's?«

»Ja, fast.« Alle arbeiteten in der Frühstücks- und Mittagsschicht, bevor sie abends servieren durften, eine Zeit, in der es, wie man sie gewarnt hatte, besonders stressig zuging.

»Hast du heute Abend etwas Besonderes vor?«, wollte er wissen.

»Ich muss mein Kind von der Schule abholen. Danach werde ich ein langes, heißes Bad nehmen und vielleicht vierzehn Stunden schlafen«.

»Verstehe«, sagte Oscar mit einem mitfühlenden Grinsen. Er zog seine Hände aus dem Spülwasser, um einige Teller zum Vorspülen in das nächste Becken zu stellen. »Heute ist es gut für dich gelaufen, oder?«

»Ich habe auf keinen Gast Suppe verschüttet«, erwiderte Teresa. »Ich habe die meisten Bestellungen richtig verstanden und nur einmal die Geduld verloren, als ein Kerl mich betatschen wollte.«

»Dann hat er es verdient gehabt.«

»Das dachte auch seine Frau.« Sie lachte bei der Erinnerung an das rote Gesicht des Mannes, als sie seine Hand gepackt hatte, und an die Strafpredigt, die seine Frau ihm daraufhin gehalten hatte.

»Und du hast einiges verdient.«

Sie berührte die Tasche, in die sie den ganzen Tag die Trinkgelder gesteckt hatte, und spürte ihre angenehme Schwere. »Es war okay«, sagte sie. »Nicht schlecht für den ersten Tag.«

»Ich bin froh, das zu hören«, erklärte er. »Ich denke, wenn du dich als tüchtig erweist, werden wir lange Zeit zusammenarbeiten.«

Seine Worte lösten ein warmes Gefühl in ihr aus. Sie dachte auch, dass sie gute Arbeit geleistet hatte, es war trotzdem schön, es von jemandem bestätigt zu bekommen, der keinen Grund hatte, sie zu belügen. Sie empfing gute Schwingungen von ihren Kollegen, obwohl sie stets in Eile und schwer beschäftigt waren, glaubte sie, dass sie sich fast alle gegenseitig mochten, und sie war froh, hier zu arbeiten.

Sie würde diesen Job mögen. Und wenn er ihr half, für Jacky zu sorgen, umso besser.

Sie berührte Oscars Arm. »Ich gehe jetzt, Oscar. Bis morgen.«

»Wir sehen uns«, erwiderte er. Sie ging in den winzigen Umkleideraum, um sich zu waschen, einen Pullover anzuziehen und ihre Handtasche zu nehmen. Jacky würde bereits auf sie warten, und sie wollte sich nicht verspäten.

»Okay«, sagte Paige, während sie im Wohnzimmer des Hauses auf und ab ging, die Fäuste an ihren Hüften geballt. »Will mir irgendjemand erklären, was das alles zu bedeuten hatte? Denn ich habe irgendwie das Gefühl, eine Stunde nach Beginn der Vorstellung in ein Kino gegangen zu sein und nicht einmal den Titel des Filmes mitbekommen zu haben, und ich denke, ihr wisst etwas mehr als ich.«

Phoebe wusste, dass es an ihr lag, Paige zu informieren und ihr zu erklären, was passiert war, auch wenn es bedeutete, ihr zu gestehen, dass sie ihr misstraut hatte. Aber es bestand durchaus die Möglichkeit, dass Paige dies bereits erfahren hatte, falls sie wirklich in Phoebes Nachttisch nachgesehen und den Brief gefunden hatte. Phoebe rutschte unbehaglich auf ihrem Stuhl hin und her und sah Hilfe suchend Piper an, aber ihre Reaktion war eine hochgezogene Augenbraue, die »Du bist auf dich allein gestellt, Kleine« sagte. Piper hatte viele Auseinandersetzungen zwischen ihr und Prue geschlichtet, und so war es vermutlich nur fair, dass Phoebe diesen Streit allein beilegen musste.

»Es tut mir schrecklich Leid, Paige«, begann Phoebe. Sie faltete ihre Hände im Schoß und versuchte so zerknirscht auszusehen, wie sie sich fühlte.

»Was tut dir Leid?«, erkundigte sich Paige.

»Ich – ich hatte diese Vision«, erklärte Phoebe. Sie wünschte, die Zeit zu haben, ein Feuer im Kamin zu machen, oder Pipers Kräfte dazu benutzen zu können, ein paar Holzscheite in Brand zu setzen, um die Kälte zu vertreiben, die sie umklammert hielt. »Eine Art Traumvision. Ich meine, ich habe geschlafen, aber sie hat mich geweckt. Und sie war Furcht erregend, wie ein Albtraum.«

»Über mich?«, fragte Paige scharf. »Oder was?«

»Lass es mich einfach in Ruhe erzählen«, fauchte Phoebe. »Ich meine – es tut mir Leid. Dies ist wirklich schwer für mich, Paige.«

Paige zuckte die Schultern und warf ihr einen Na-und?-Blick zu.

»Die Vision bezog sich auf die Kommode oben auf dem Dachboden. Ich ging hinauf, und mit Coles Hilfe fand ich einen Brief von unserer Ururgroßtante Agnes. Darin stand –«

»Ich weiß, was darin stand«, unterbrach Paige.

»Du hast ihn gelesen?«

»Du bist nicht die Einzige, die Mist gebaut hat«, erklärte Paige. »Aber mach zuerst mit deinem Geständnis weiter. Zu meinem kommen wir später.«

»Nicht viel später«, warf Leo hoffnungsvoll ein. »Er ist noch immer dort draußen.«

Phoebe drehte sich zu ihm um. »Wir müssen dies tun, Leo. Wer werden zusammenarbeiten müssen, wenn wir ihn besiegen wollen, und das können wir erst, wenn wir die Sache geklärt haben.«

»Ich will damit nur sagen« – Leo benutzte seine Beruhige-dich-Stimme, die Phoebe nur zu gut kannte – »dass es nicht schaden könnte, sich kurz zu fassen.«

Phoebe ignorierte ihn und wandte sich wieder an Paige. »Du weißt also, was in dem Brief stand. Und du weißt, dass die Schwester nicht namentlich erwähnt wurde, aber die Beschreibung passte durchaus auf die Umstände, unter denen du in die Familie gekommen bist. Ich hätte ihm keine Aufmerksamkeit geschenkt, wenn ich nicht durch eine Vision von ihm erfahren hätte, und die lügen für gewöhnlich nicht.«

»Wenn ich auf etwas hinweisen dürfte, Phoebe«, sagte Cole zögernd.

»Solange du dich beeilst«, nickte Phoebe. »Du hast Leo gehört.«

»Du warst dir nicht sicher, ob es ein Traum oder eine Vision oder eine Kombination von beidem war. Angesichts dessen, was wir jetzt über Timothy wissen, würde ich sagen, dass es wahrscheinlich ein Traum war. Er war zu diesem Zeitpunkt wahrscheinlich schon mächtig genug, um dir einen Traum einzugeben. Du hast selbst einmal gesagt, dass dies nicht schwer ist.«

»Aber um das zu tun, hätte er ins Haus gelangen müssen«, widersprach Piper.

»Er ist eine Art Nebelmann«, sagte Paige. »Oder er war es jedenfalls. Ich denke, er konnte überall hin. Wie ein intelligenter Nebel ist er in das Haus eingedrungen und hat sein Ziel erreicht.«

»Intelligenter Nebel«, wiederholte Piper. »Nettes Konzept.«

»Was außerdem das erklären würde, was du mir erzählt hast, Piper, als du mit dem magischen Pendel nach ihm gesucht hast«, sprudelte Phoebe hervor. »Der Nebel war in den letzten Tagen überall in der Stadt, und dann war er vielleicht auch überall dort, wo der Nebel war. Du hast seine Signale also wirklich an all diesen Orten empfangen.«

»Möglich«, entgegnete Piper. »Oder vielleicht habe ich nur keinen Erfolg gehabt, weil ich nichts hatte, mit dem ich arbeiten konnte. Aber wahrscheinlich waren wir da bereits verzaubert und misstrauten einander.«

»Und ich habe ihm vertraut, obwohl ich es eigentlich nicht wollte!«, rief Paige. »Mann, er ist wirklich gerissen. Auf seine schleimige Art.«

»Jedenfalls«, sagte Phoebe, faltete die Hände und wandte sich wieder an Paige, »wollte ich dir nicht misstrauen. Aber der Traum oder was auch immer es war, wirkte so real und so dringlich, und dann der Brief – ich hatte einfach das Gefühl, kein Risiko eingehen zu dürfen. Ich wollte mehr über Tante Agnes und die ganze Situation herausfinden.«

»Ich habe versucht, es ihr auszureden«, warf Piper ein.

»Ja, das hat sie getan. Das stimmt. Piper hat nicht eine Sekunde lang ihr Vertrauen zu dir verloren. Und ich schäme mich so, dass ich es nicht einmal in Worte fassen kann. Ich habe den Brief also in mein Zimmer gelegt, und dann ...« Ihre Miene verdüsterte sich. »Du warst in meinem Zimmer, nicht wahr?«

Paige rang sich ein mattes Lächeln ab. »Ich sagte doch, wir beide haben Mist gebaut.«

»Aber, Paige, das war –«

»Du hast mir nicht vertraut«, erinnerte Paige sie sanft und legte eine Hand ans Herz. »Deinem eigenen Fleisch und Blut.«

»Könnte ich dies vielleicht ein wenig beschleunigen?«, fragte Leo. »Paige, du hättest nicht in Phoebes Zimmer herumschnüffeln sollen, obwohl ich vermute, dass Timothy dich dazu angestiftet hat. Phoebe, du hättest deiner Halbschwester nicht misstrauen sollen, ganz gleich, was in diesem Brief stand. Aber ihr alle habt unter dem Einfluss eines Zaubers gehandelt, von dem ihr nichts wusstet.«

»Woher wusstest du, dass Timothy mich dazu angestiftet hat?«

»Elementar, mein lieber Watson«, sagte Leo und klemmte eine imaginäre Holmes-Pfeife zwischen seine Zähne. »Der einzige Grund, warum er Schwester gegen Schwester aufhetzen musste, war der Spiegel, der Tante Agnes gehörte. Er musste dich also dazu bringen, Tante Agnes' Hinterlassenschaften zu durchsuchen, ohne dass deine Halbschwestern etwas davon erfuhren. Er konnte das Haus nicht körperlich betreten und den Spiegel holen. Er musste eine Mauer zwischen euch aufbauen, die dich völlig vom Rest der Familie isolierte. So arbeitet er immer.«

»Du hast Recht«, nickte Paige. »Genau das hat er getan. Es war dumm von mir, es nicht sofort zu erkennen. Aber er war so nett und charmant. Oder wenigstens dachte ich das, bevor ich herausfand, dass er nichts anderes als ein Unhold ist.«

»Und ein Massenmörder«, fügte Cole hinzu. »Lasst uns das nicht vergessen.«

»Wie viele Menschen hat er getötet?«, fragte Paige.

»Eine Menge«, sagte Leo. »Wir kennen noch nicht die genaue Zahl, aber es müssen über fünfzig sein. Und er hat vor, weiter zu morden. Deshalb müssen wir ihn schnell finden. Bevor er erneut zuschlägt.«

»Oh«, machte Paige. Die Röte ihrer Wangen verschwand, als ihr der Ernst der Lage bewusst wurde. »Ohhh.«

»Paige, du hast doch nicht ...« Phoebe ließ den Satz unvollendet. Die Vorstellung war zu abscheulich, um sie auszusprechen.

Aber Paige ging darauf ein. »Nein!«, erklärte sie nachdrücklich. »Doch ich habe daran gedacht.«

»Kann ich einfach ›Iiiih‹ sagen und mich Leos Worten anschließen?«, warf Piper ein. »Ich will nicht einmal daran denken. Ich will nur, dass wir ihn erledigen.«

»Sie hat Recht«, meinte Leo. »Oder ich habe Recht. Reden wir später weiter, und kümmern wir uns jetzt um das Geschäft.«

»Du hast Recht, Leo«, sagte Paige. »Phoebe, er hat Recht. Es tut mir Leid, dir tut es Leid. Lasst uns einfach Hexen sein und Timothy gemeinsam in den Hintern treten, okay?«

Sie hielt Phoebe eine Hand hin, die sie ergriff und schwesterlich drückte.

»Okay«, sagte Phoebe. »Zuerst der Gegenzauber, und dann pass auf, Mistkerl. Hier kommt die *Macht der Drei.*«

Darryl Morris und Lorraine Yee verließen zusammen die Wache und traten auf die Straße. Die übrigen Cops der Sonderkommission waren bereits unterwegs, folgten verschiedenen Spuren und hofften, dass sie diese zu irgendwelchen Ergebnissen führen würden. Je mehr Darryl über den Fall nachdachte, desto mehr befürchtete er, dass sie noch keine richtigen Spuren hatten. Alles, was sie hatten, waren Vermutungen, und die brachten sie nicht weiter.

Lorraine blickte zum Himmel hinauf. »Es wird dunkel.«

»Es ist schwer, das bei dem Nebel zu sagen«, erwiderte Darryl. »Aber ja, es sieht so aus.«

»Ich hatte gehofft, dass es nicht passieren würde. Dass irgendetwas mit der Erdrotation geschieht und es einfach hell bliebe, bis ich bereit für die Nacht bin.«

»Weil das die bevorzugte Zeit unseres Mannes zum Zuschlagen ist.« Es war keine Frage. Lorraine nickte trotzdem.

»Nicht, dass er nicht bereit ist, zu anderen Zeiten aktiv zu werden«, erwiderte sie. »Aber ja, am besten gefällt es ihm abends. Die Zeit, in der die meisten Leute von der Arbeit nach Hause gekommen sind und es sich gemütlich gemacht haben und die Nachtschwärmer feiern und noch nicht heimgehen. Die Straßen sind so leer, wie es überhaupt möglich ist, doch es gibt immer jemanden, der noch unterwegs ist und den er überfallen kann.«

»In der ganzen Stadt«, bemerkte Darryl, »und irgendwie ist er immer zur richtigen Zeit am richtigen Ort, um sein Opfer zu finden.«

Er und Lorraine hatten keinen ausgeklügelten Plan. Sie würden in ihren Wagen steigen, durch die stillen Straßen fahren und gegen alle Vernunft hoffen, dass sie sein Opfer vor ihm fanden. Die übrigen Mitglieder der Sonderkommission würden das Gleiche tun, und die uniformierten Streifen in der ganzen Stadt hatten den Befehl bekommen, besonders wachsam zu sein.

Ohne Spuren, ohne handfeste Hinweise blieb ihnen nichts anderes übrig.

Bevor sie das Gebäude verlassen hatten, hatte man ihm einen großen Briefumschlag mit dem gerichtsmedizinischen Untersuchungsbericht der Leichen ausgehändigt, die man in Tenderloin im ehemaligen Gates Mansion gefunden hatte. Er hatte ihn hastig überflogen, weil Lorraine mit verschränkten Armen gewartet und ungeduldig mit den Fingern getrommelt hatte.

Aber was er in dem Bericht las, verwandelte sein Blut in Eis, und er wusste nicht, wie er es Lorraine sagen sollte. Oder ob er es überhaupt wagen konnte.

Sie zwängte sich hinter das Lenkrad ihrer grünen Limousine und ließ den Motor an, und sie schwiegen, während sie den Wagen in den Verkehr einfädelte. Beide blendeten mental die Stimmen aus dem Polizeifunk aus, wie es jeder Cop gelernt hatte, und fuhren ein paar Minuten, ohne miteinander zu reden, hielten beide Seiten der Straße im Auge und wussten, dass jeder, den sie sahen, entweder ein potenzielles Opfer oder der Mörder sein konnte. Niemand weiß, wo das Böse in der Dunkelheit lauert, dachte Darryl.

»Ich habe versucht, mich in ihn hineinzuversetzen«, sagte Lorraine und beendete damit nach ein paar Blocks das Schweigen. Der Klang ihrer Stimme in dem stillen Wagen ließ Darryl zusammenzucken.

»In wen?«

»In den Mörder. Unseren Mann. Ich habe versucht, alle anderen Gedanken aus meinem Kopf zu vertreiben und wie er zu denken, wie er zu fühlen, wie er zu reagieren, um so festzustellen, was er als Nächstes tun wird, noch bevor er selbst es weiß.«

»Funktioniert es?«, fragte er.

»Manchmal. Ich habe ein paar auf diese Weise geschnappt. Der Kerl, den man den Schlächter nannte, weil er das große Hackbeil benutzte! So habe ich ihn gefasst.«

»Haben Sie dabei nicht das Gefühl ... ich weiß nicht, unrein zu sein?«

Lorraine lachte, ein Laut, dem seltsamerweise jeder Humor fehlte. »Ich dusche viel. *Sehr* viel. Lang und heiß. Es hilft nicht. Es gibt Leute, mit denen ich reden kann. Das hilft auch nicht wirklich, aber es lenkt ab. Dann besuche ich die Gräber der Menschen, die er getötet hat, oder ich sehe mir die Fotos der Opfer an oder die Leute auf den Straßen, die er nicht getötet hat. Dann fühle ich mich besser. Das ist das Einzige, was dafür sorgt, dass ich mich besser fühle.«

»Was ist mit jetzt?«, fragte Darryl. »Wenn Sie ihn noch nicht erwischt haben und wissen, dass er noch immer irgendwo dort draußen ist?«

»Dann funktioniert nichts«, gestand Lorraine. »Ich mache es noch immer, dusche und rede, aber es hilft nicht. Es schmerzt nur, bis ich ihn erwische.«

»Das klingt hart.«

»So ist es. Aber es funktioniert manchmal, also ist es die Sache wert.«

»Und jetzt?«, drängte Darryl. »Was fühlen Sie? Wo ist er? Woran denkt er?«

Lorraine bog nach links in die Filbert Street. »Ich habe größte Mühe, mich in ihn hineinzuversetzen«, erklärte sie. »Er ist nicht wie die anderen. Ich kann ihn nicht festnageln, kann mir von ihm klein klares Bild machen.«

Das ergab Sinn, wusste Darryl, wenn Leo und die Halliwells Recht hatten. Er passte nicht in Lorraines Raster.

»Ich denke, es gefällt ihm«, fuhr sie fort. »Ich denke, er ist nicht einer dieser Kerle, die dagegen ankämpfen oder sich einzureden versuchen, dass jemand anders diese Morde begeht. Dieser Mann genießt seine Taten. Er ist kreativ. Wir wissen noch immer nicht, welche Waffe er benutzt, was bedeutet, dass sie ungewöhnlich sein muss. Er sticht so oft auf sie ein, weil ihm die Tat körperliche Lust bereitet. Doch all das macht es für mich noch schwerer, ihn zu verstehen, ihn in mein Gehirn zu lassen, weil er so fremdartig ist.«

»Ich bin ziemlich sicher, dass Sie in diesem Punkt Recht haben«, nickte Darryl.

Sie sprach weiter, als hätte sie ihn nicht gehört, fast so, als wäre sie in Trance. »Er mag den Nebel«, fuhr sie fort. »Denn der Nebel gibt ihm Deckung, dämpft den Lärm seiner Schritte. Er kann durch ihn schleichen und auftauchen, bevor sie erkennt, dass er da ist. Sie hat keine Chance wegzulaufen, zu schreien, ehe er über sie herfällt.«

Während sie sprach – ohne Pause, fast so, als würde sie

nicht fahren –, bog sie plötzlich, mit quietschenden Reifen, in die Stockton und näherte sich dem Wasser.

»Wohin fahren Sie?«, fragte Darryl.

»Der Nebel lichtet sich ein wenig«, erklärte Lorraine und blickte kurz zum Himmel hinauf. »Am Wasser wird er am dichtesten sein. Dort ist auch unser Mann.«

Darryl wusste nicht, ob sie in dieser Hinsicht Recht hatte, aber die Theorie war so gut wie jede andere. Also schwieg er und ließ sie fahren.

13

ALS DER GEGENZAUBER FERTIG WAR, gingen Piper und die anderen Hexen hinauf zum Dachboden von Halliwell Manor, wo sie mit magischen Mitteln nach Timothy McBride suchen wollten. Sie wussten jetzt eine ganze Menge mehr über ihn, und das würde vielleicht helfen. Paige hatte den zerbrochenen Spiegel geholt, den er berührt hatte, zumindest zu jener Zeit, als er noch aus Wasser und nicht aus Fleisch und Blut bestanden hatte. Sie hoffte, dass dies genügen würde. Die magische Suche war schwierig und konnte unglaublich frustrierend sein, wenn sie nicht funktionierte. Oder so wie beim letzten Mal enden, als alles darauf hinzudeuten schien, dass das gesuchte Objekt überall zugleich war, was ihnen auch nicht weitergeholfen hätte.

Piper betrachtete die Karte und den Spiegel und sah dann ihre Schwestern an, denen dieser Kerl mehr wehgetan hatte als ihr. Piper gefiel es neuerdings, die Vernünftige zu sein, doch wenn ihre Schwestern verletzt wurden, ging es ihr schlecht. Auch wenn er sie nur indirekt getroffen hatte, so hatte er sie doch getroffen, das ließ sich nicht leugnen. Und er war noch immer dort draußen, wie Leo mehrmals bemerkt hatte, und er würde weiter töten und stärker werden, und wieder töten und stärker werden.

Wer wusste, wie stark er werden konnte, wenn er genug Zeit und eine Stadt voller potenzieller Opfer hatte?

Sie wollte nicht einmal darüber nachdenken, die Frage nicht aussprechen, auf die es nur eine schreckliche Antwort geben konnte. Stattdessen stand sie vor der Karte und hob den Kristall.

Teresa Pineda hatte Greg Logan geheiratet, als beide erst zwanzig Jahre alt gewesen waren, obwohl die meisten ihrer Freunde gesagt hatten, dass sie verrückt sei. Er war ein Anglo, sogar ein Surfer, sagten sie, und er würde ihre Lebensweise nicht verstehen. Er sprach kaum genug Spanisch, um in einem Schnellimbiss einen Taco zu bestellen. Und sie waren so jung, über beide Ohren ineinander verliebt, aber im Grunde noch Kinder. Sie hatte sich all die Argumente angehört, all die vernünftigen Gründe, und dann hatten sie trotzdem geheiratet, waren eines Nachts nach Carson City durchgebrannt, fast so, als wollte jeder den anderen auf die Probe stellen, ob er wirklich den Mut dazu hatte.

Sie hatten es getan. Dann waren sie in die Stadt zurückgekehrt, hatten gewartet, bis ihre Eltern am Morgen aufwachten, und es ihnen erzählt, und hinterher waren sie nach Burlingame gefahren, wo seine Eltern wohnten, und hatten es ihnen ebenfalls gesagt. Ihre Familien waren wegen der Umstände ein wenig verstimmt gewesen, doch sie hatten gewusst, dass sie heiraten wollten, und ihre Eltern liebten Greg. Seine Eltern hatten etwas Angst vor Teresa, weil sie dachten, dass sie ein wenig zu wild für ihren Sohn war, doch sie akzeptierten sie und liebten sie.

Nachdem das erledigt war, hatten sie ein Apartment am Rand des Fillmore Districts gefunden, an der Grenze zu Japantown, ein Viertel, in dem keiner von ihnen je gelebt hatte. Aber es war billig, und sie waren jung und arm. Drei Jahre später, nach Jackys Geburt, waren sie in eine größere Wohnung gezogen, ein Drei-Zimmer-Apartment in North Beach. Die Miete war niedrig, und Jacky bekam ein eigenes Zimmer statt irgendwo eingeklemmt in ihrem Schlafzimmer zu leben.

Weitere vier Jahre vergingen. Greg hörte auf zu surfen oder surfte zumindest nicht mehr so oft, wie er es früher getan hatte, tauschte seine Badehose gegen Anzug und Krawatte ein und nahm einen Job in einem Maklerbüro in der Sansome Street an. Teresa hatte eine Reihe von Teilzeitjobs, damit sie so oft wie möglich bei Jacky zu Hause sein konnte, zumindest bis er zur Schule ging. Greg jedoch machte viele Überstunden, und es schien, als würde er schnell die Karriereleiter hinaufklettern. Eines Tages wurde ihm im Büro erklärt, dass er befördert werden würde, worauf er lange gewartet hatte, und an diesem Nachmittag teilte ihm sein Arzt außerdem mit, dass er Kehlkopfkrebs hatte.

Er gab den Maklerjob auf und verbrachte die nächsten sieben Monate mit Teresa und Jacky und seinem Surfbrett. Teresa war nicht glücklich über den Einkommensverlust, zumal gleichzeitig seine hohen Arztrechnungen beglichen werden mussten. Aber sie konnte ihm nicht vorwerfen, dass er seine letzten Tage mit dem verbrachte, was er wirklich liebte. Er surfte seine letzte Welle drei Tage, bevor er starb, im Bett, während Teresa in einem Sessel an seiner Seite saß und ihm einen dicken lateinamerikanischen Roman über Liebe und Verlust vorlas. Sie beendete das Buch nie, bewahrte es aber auf einem Tisch in Gregs Zimmer auf, wo sein Surfbrett noch immer in einer Ecke stand.

Jetzt war Jacky acht und im dritten Schuljahr. Und das Geld war noch immer knapp. Aber als sie nach Hause ging, erlaubte sie sich, von dem zu träumen, was sie mit zweihundert Dollar pro Tag, fünf Tage die Woche – und von ihrem eigentlichen wöchentlichen Gehaltsscheck – alles kaufen konnte. Sie würde vielleicht sogar in der Lage sein, einen Teil der Kreditkartenschulden zu begleichen, die sich angesammelt hatten, seit Gregs Versicherung abgelaufen war.

Sie wohnte nicht sehr weit vom Kai entfernt, aber sie musste einen Umweg von drei Blocks machen, um Jacky von der Grundschule abzuholen, wo er und ein paar andere Kinder von arbeitenden Eltern bis halb sieben betreut wurden. Sie war recht spät dran, wusste sie. Der Himmel verdunkelte sich, und wenn sie den Abholtermin überschritt, würde ihr das Zentrum die Betreuungskosten pro Minute und nicht pro Stunde berechnen. Zweihundert Dollar waren gutes Geld, doch nicht, wenn sie alles für die Betreuung ausgeben musste. Sie beschleunigte ihre Schritte ein wenig.

In diesem Moment hörte sie den Mann im Nebel.

Lorraine Yee fuhr wie eine Verrückte, dachte Darryl. An den Kreuzungen bremste sie kaum, und sie überholte andere Autos, die zu langsam für sie waren, ob sie nun den Hügel hinauf oder hinunter oder gar durch Kurven fuhren. Sie hupte ständig, schaltete aber nicht das Blaulicht oder die Sirene ein, um den Mörder nicht zu warnen, falls er wirklich irgendwo hier draußen war. Die Fingerknöchel ihrer Hände, die das Lenkrad umklammerten, waren weiß, und sie riss es ruckartig herum, als würde allein ihre Unfähigkeit, den Wagen so präzise zu steuern wie sie wollte, sie daran hindern, den Mörder zu finden.

»Sind Sie sicher, dass Sie wissen, wohin Sie fahren?«, fragte er schließlich, nachdem sie einen Block umrundet hatte und erneut denselben Weg einschlug.

Sie warf ihm einen Seitenblick zu und zog die Lippen in einem Ausdruck zurück, der mehr ein Zähneblecken als ein Lächeln war. »Natürlich nicht«, antwortete sie ehrlich. »Ich versuche nur, mich in ihn hineinzuversetzen. Ich denke, er ist in der Nähe des Wassers, in der Nähe des Kais, dort, wo der Nebel am dichtesten ist. Aber nicht direkt am Kai. Dort sind zu viele Menschen. Er würde nie in einem derart belebten Touristenviertel zuschlagen. Er wird in einer der stilleren Straßen in der Umgebung sein und auf Opfer warten. Auf eine Frau, allein, die sich höchstwahrscheinlich keine Sorgen darüber macht, was im Nebel lauern könnte.«

»Sie haben vermutlich Recht«, nickte Darryl. Er machte sich nicht die Mühe hinzuzufügen, dass es trotzdem ein Fehler war, ziellos immer wieder durch dieselbe Gegend zu fahren. Er hatte vorgeschlagen, die Straßen in ein mentales Gitter einzuteilen und sie auf systematische Weise abzusuchen, von Ost nach West und dann von Nord nach Süd, von der Küste sich weiter landeinwärts bewegend. Aber es war ihr Auto, ihre Sonderkommission, und sie war diejenige, die versuchte, im Kopf des Mörders zu leben. Er hatte es nie vermocht, sich so sehr wie Lorraine in diese Kerle einzufühlen. Sie wollte aus dem Bauch heraus arbeiten, und so hielt er den

Mund, betrachtete durch die Fenster die dunklen Straßen und suchte nach einzelnen Passanten, einem Mann oder einer Frau. Hielt vergeblich Ausschau nach dem Bösen, das dort lauern musste.

Während er hilflos auf dem Beifahrersitz von Lorraines Wagen saß, wuchs in ihm die Hoffnung, dass die *Zauberhaften* irgendwo dort draußen dem Mörder auf der Spur waren. Denn während er die Fakten im Kopf durchging, gelangte er zu derselben Schlussfolgerung: Ihr Mörder war kein Mensch. Ihr Mörder war schon vor fast hundert Jahren aktiv gewesen und dann lange Zeit verschwunden, aber jetzt war er zurückgekehrt und hatte sein altes Hobby wieder aufgenommen.

Der Bericht des Gerichtsmediziners, den er hastig durchgeblättert hatte, enthielt eine relevante Information, die ihm ins Auge gesprungen war. Die Stichwunden in den Leichen des Gates-Gebäudes stammten von einem Bajonett aus dem neunzehnten Jahrhundert. Wahrscheinlich ein Bürgerkriegsrelikt, wie Sweeney, der Gerichtsmediziner vermutete, aber das war reine Spekulation, keine Gewissheit. Sweeney hatte auch nicht feststellen können, ob das Bajonett an einem Gewehr befestigt oder lose war. Er nahm aber an, dass es mit der Hand geführt worden war, wenn er den Winkel einiger der Stichwunden bedachte.

Er hatte einige Fotos und ein paar Skizzen hinzugefügt, um zu demonstrieren, wie die Wunden seiner Meinung nach ausgesehen hatten, als sie frisch gewesen waren. Er hatte am Rand einer seiner Skizzen sogar einen Vermerk gemacht. »Scheint das Werk Ihres Nassmörders zu sein«, hatte er geschrieben.

Darryl wusste, dass er Recht hatte. Die Stichwunden, die der Nassmörder seinen Opfern mit einer Waffe, die sie nicht identifizieren konnten, zugefügt hatte, hatten dieselbe dreieckige Form wie die Wunden, die Sweeney skizziert hatte. Sie waren nicht absolut identisch, und wenn der Mörder ein antikes Bajonett benutzt hätte, hätte es Spuren hinterlassen, Rostflocken, Metallspäne, aber sie waren einander sehr, sehr ähnlich.

Ähnlich genug, um ihn auf den Gedanken zu bringen, dass diese Morde von derselben Person verübt waren. Oder was immer er war.

Ähnlich genug, um ihn hoffen zu lassen, dass die *Zauberhaften* in der Nähe waren.

»Fisherman's Wharf«, erklärte Piper.

»Er isst Meeresfrüchte?«, fragte Paige.

»Die Kellnerin!«, schrie Phoebe fast. Sie dachte an die Vision von der Frau mit der Soße an den Schuhen und dem fischigen Geruch. »In der Fischrestaurantuniform. Sie könnte durchaus in einem der Restaurants hier unten arbeiten.«

»Er ist nicht direkt am Kai«, erklärte Piper. »Sondern ein paar Blocks entfernt. Nahe Leavenworth Ecke Chestnut. Leo?«

»Ihre Kutsche wartet, Madam«, sagte Leo. Er griff nach Pipers Arm und brachte sie alle an den Ort, den sie erwähnt hatte.

Aber die Ecke war menschenleer.

»Piper«, grollte Phoebe vorwurfsvoll, »du sagtest –«

»Ich weiß«, unterbrach Piper und brachte Phoebe mit einer Handbewegung zum Schweigen. »Ich habe nur gesagt, was mir der Kristall gezeigt hat. Ich denke noch immer, dass er hier irgendwo in der Nähe ist.«

»Er ist kein Nebelmann mehr«, erinnerte Paige, »also sollte er leichter zu finden sein.«

»Aber der Nebel ist hier noch immer ziemlich dicht«, stellte Cole fest. »Selbst für echte Menschen. Man kann das Ende des Blocks nicht erkennen.«

»In welche Richtung also?«, fragte Phoebe. »Sollen wir einfach nach der Meeresfrüchtelady rufen?«

»Und ihn warnen?«, erwiderte Paige. »Ich will ihm keine Chance geben, sich vor uns zu verstecken. Ich will ihn schnappen.«

»Ich gebe dir einen Tipp, Paige«, sagte Phoebe. »Die Sache mit dem Verstecken! Ich denke, er macht das bereits.«

»Trennen wir uns«, schlug Piper vor. Sie zeigte zur Leavenworth. »Ich werde in diese Richtung gehen. Paige, du gehst dort den Block hinunter. Phoebe, du nimmst die Chestnut. Und Cole, du gehst in die andere Richtung.«

»Was ist mit mir?«, fragte Leo.

»Du bleibst hier und kommst demjenigen, der zuerst losbrüllt, zu Hilfe«, wies Piper ihn an.

Leo nickte, und sie alle hatten ihre ersten zögernden Schritte in den dichten Nebel gemacht, als ein Schrei die Stille zerriss. Er kam aus Richtung Leavenworth.

»Oder wir gehen alle dorthin!«, rief Paige. Sie machte auf dem Absatz kehrt und rannte den Block hinauf.

Piper lief bereits in diese Richtung, wie Phoebe wusste. Obwohl sie in die Seitenstraße gebogen war, wusste sie außerdem, dass ihre Schwestern sie brauchen würden und sie alle drei zusammenarbeiten mussten, wenn sie diesen Feind besiegen wollten. Er hatte sie einmal fast bezwungen, indem er Zwietracht gesät hatte. Sie würde nicht zulassen, dass dies noch einmal geschah.

Teresa hatte den schabenden Laut eines Schuhes auf dem Bürgersteig gehört, als sie den Rhythmus ihrer eigenen Schritte geändert hatte. Es war, als hätte jemand ihre Schritte nachgeahmt, wäre aber aus dem Tritt geraten, als sie schneller geworden war. Sie blieb abrupt stehen und spähte in den Nebel, um festzustellen, ob wirklich jemand in der Nähe war. Sie fühlte das Geld in ihrer Tasche.

Es wäre eine Katastrophe, heute ausgeraubt zu werden, dachte sie. Außerdem hatte sie auf dem Weg zur Arbeit ein paar Schlagzeilen gesehen, die vor einem Mörder warnten, der in der Stadt sein Unwesen trieb. Aber sie hatte keine Zeit gehabt, eine Zeitung zu kaufen, sodass sie die Hintergründe nicht kannte. Jedenfalls sah sie niemanden und ging deshalb weiter, verdoppelte ihre Geschwindigkeit, um Jacky vor halb sieben von der Schule abzuholen.

In dem Moment, in dem sie ihre Schritte beschleunigte,

rannte die andere Gestalt los. Statt sich weiter an sie heranzuschleichen, stürmte jemand durch den Nebel direkt auf sie zu. Teresas erster Impuls war zu schreien, und sie tat es auch, atmete tief ein und kreischte dann so laut und durchdringend wie sie konnte. Wenn der Kerl, der auf sie zurannte, aus irgendeinem Grund nur ein Jogger war, der sich im Nebel verirrt oder eine andere unschuldige Ausrede hatte, würde es sie in Verlegenheit bringen. Aber wenn er etwas Böses im Schilde führte, zeigte sie ihm dadurch, dass sie ihn durchschaut hatte. Jedenfalls sah er nicht wie ein Jogger aus – er trug T-Shirt, Jeans und schwere Stiefel und hatte ein bösartiges, drohendes Grinsen auf dem Gesicht.

Doch er rannte weiter und ignorierte ihren Schrei. Während er sich näherte, bemerkte Teresa etwas anderes: Zuerst war seine Hand leer, aber als er weiterlief, schien sich der Nebel in seiner Hand in eine lange, spitze Waffe zu verwandeln.

Bei diesem Anblick kreischte Teresa erneut. Es war so seltsam, dass sie dachte, sich geirrt zu haben, denn es war völlig unmöglich. Aber ihre Schreie wurden nicht beantwortet, und sie glaubte, dass man sie nicht hörte. Sie sah sich verzweifelt nach einem Fluchtweg um, einem Ort, wo sie sich verstecken konnte. Ein überquellender Metallmülleimer stand am Rand des Bürgersteigs, und sie griff nach dem runden Deckel und schleuderte ihn wie einen Diskus nach dem Kerl, der sich ihr weiter näherte. Er wehrte ihn ab, ohne langsamer zu werden. Sie trat den ganzen Mülleimer nach ihm, sodass sich der Inhalt aus verfaultem Obst und schalem Bier in die Nacht ergoss. Als er versuchte, über ihn zu steigen, stieß die Spitze eines seiner schweren Stiefel gegen die rollende Barriere, und er stürzte auf den Bürgersteig und schlug hart auf. Als er auf dem Boden landete, löste sich sein unheimlicher Dolch im Nebel auf und trieb mit dem Abenddunst davon. Doch einen Moment später war ein anderer an seinem Platz.

Teresa wirbelte herum und rannte los, um die Gunst des Augenblicks zu nutzen. Aber er war in der nächsten Sekunde wieder auf den Beinen, und ehe sie ein Dutzend Schritte gemacht hatte, holte er sie ein. Sie spürte den Schlag einer harten Faust an ihrer Schulter, stolperte zur Seite und prallte gegen das nächste Sandsteingebäude. Die raue Fassade scheuerte ihre Wange auf. Sie schmeckte Blut in ihrem Mund, sah Sterne, drehte sich dann wieder um und stieß sich von der Wand ab – direkt in seine wartenden Arme, stark und unerbittlich.

Lorraine hatte Recht gehabt. Der Nebel, der sich im Rest der Stadt auflöste, war in der Nähe des Wassers dicht geblieben. Durch ihn zu fahren, war wie der Flug durch Wolken. Darryl versuchte ihn mit den Blicken zu durchdringen, doch seine Sicht reichte nur ein paar Blocks weit. Als sie die Leavenworth Street durchquerten, hielt sich Darryl unauffällig an den Seiten seines Sitzes fest, damit Lorraine nicht bemerkte, wie sehr er darum kämpfte, dass sein Kopf nicht noch öfter gegen das Dach des Autos stieß, als er es ohnehin schon tat. Er konnte kaum den Straßenrand erkennen.

Der Nebel behinderte nicht nur die Sicht, sondern dämpfte auch alle Geräusche. In stillen Stadtstraßen, wo ein Entsetzensschrei ansonsten durch ganze Blocks hallte, verschluckte der Nebel einen Teil des Echos, sodass der Schrei nur in einem viel kleineren Gebiet zu hören war und auch die Tonhöhe veränderte.

Mit anderen Worten – es klang so wie das Geräusch, das Darryl gerade glaubte, wahrgenommen zu haben. Er kniff die Augen zusammen und spähte den Block hinunter. Waren das, was er sah, Gestalten, die sich durch den Nebel bewegten? Er konnte es nicht mit Sicherheit sagen, und noch ehe er Lorraine auffordern konnte zu halten, waren sie bereits über die Kreuzung und rasten der nächsten entgegen.

»Ich dachte, ich hätte etwas gehört«, sagte er zu ihr.

»Was gehört?«

»Ich weiß es nicht. Aber es könnte ein Schrei gewesen sein.«

Sie warf ihm einen Blick zu. »Soll ich umdrehen?«

Er überlegte kurz. Sie waren in der Greenwich und näherten sich der Hyde. Die Hyde Street war eine Einbahnstraße, sodass sie dort nicht umdrehen konnten, und selbst wenn sie es konnten, blieb ihnen der Weg zur Lombard versperrt. Der Block, der sich den Spitznamen »Krümmste Straße der Welt« verdient hatte, erstreckte sich zwischen Hyde und Leavenworth, und selbst wenn er nicht durch den Touristenverkehr verstopft war, würde dieser Hügel mit seinen vielen scharfen Haarnadelkurven sie eher aufhalten, als wenn sie gleich die Hyde und Lombard umfuhren und über die Larkin in die Chestnut zurückkehrten. Das einzige Hindernis, das ihre Fahrt verzögern konnte, war der Straßenbahnverkehr in der Hyde.

Er warf einen Blick in die Runde, um sich zu vergewissern, ob es sicher für Lorraine war, mitten auf der Straße das Steuer herumzureißen. Ein paar Autos waren auf beiden Fahrspuren unterwegs, und er entschied sich dagegen. Im weiten Bogen zur Chestnut zu fahren, würde sie ein paar Minuten kosten, aber da sie fast die Hyde erreicht hatten, war es noch immer der schnellste Weg zu der Stelle, wo er vielleicht den Schrei gehört hatte.

Es konnten auch nur eine kreischende Katze, ein paar spielende Kinder oder ein zu laut gestellter Fernseher gewesen sein. Sie würden es erst erfahren, wenn sie es vor Ort überprüften.

»Nein«, antwortete er schließlich. »Von der Larkin in die Chestnut und dann zurück zur Leavenworth.«

»Verstanden«, knurrte Lorraine und kniff die Lippen zusammen. Sie raste mit durchgedrücktem Gaspedal über die Kreuzung Hyde Street und bog nach rechts in die Larkin.

Sobald Paige durch den dichtesten Teil der Nebels brach, konnte sie Timothy erkennen. Er hatte seine Kleidung gewechselt und die legere Aufmachung, die er zuvor getragen hatte, durch praktischere Sachen ersetzt, zumindest praktisch für einen Mörder. In einer Hand hielt er ein seltsames langes Messer mit drei scharfen, T-förmigen Kanten. Timothy hatte noch immer Substanz, doch das Messer sah wie eine Nebelwaffe aus, ähnlich wie sein Arm zuvor im Park.

Seine andere Hand hatte eine junge Frau gepackt, bei der es sich um die Kellnerin handeln musste, die Phoebe beschrieben hatte, die Frau aus ihrer Vision. Wir sind also noch rechtzeitig gekommen, um die Unschuldige zu retten, durchfuhr es sie. Hoffentlich. Sie, Piper und Phoebe umringten Timothy, während Leo und Cole ihnen Rückendeckung gaben.

»Timothy!« Sie schrie seinen Namen, und er warf einen Blick über seine Schulter und grinste sie bösartig an. Sie wusste, dass er einfach verschwinden konnte, wenn er wollte, obwohl sie vorbereitet waren, ihn aufzuhalten. Aber er schien zuerst sein Werk vollenden zu wollen.

»Ich kümmere mich gleich um dich, Paige.« Er holte mit dem gefährlichen Messer aus, um es der Frau ins Herz zu bohren. »Lass mich nur noch das hier erledigen.«

Aber sein Opfer war alles andere als wehrlos. Als er sich umdrehte und Paige ansah, krümmte sie ihre Finger zu einer Klaue und zerkratzte ihm das Gesicht. Timothy gab einen heulenden Schmerzensschrei von sich, der Paige zutiefst befriedigte.

»Das hat wehgetan!«, fauchte er.

»Bist du an ein wenig Schmerz nicht gewöhnt?«, fragte Paige. »Du *solltest* dich besser daran gewöhnen. Er gehört zum Leben in der wirklichen Welt, in die du so gern zurückkehren wolltest.«

»Ich würde mich lieber daran gewöhnen, Schmerzen zuzufügen«, erwiderte Timothy. »Aber sobald ich die Welt von dieser kratzenden Katze befreit habe, werde ich an dir üben.«

»Ich zerstöre nur ungern deine Illusionen, Timmy«, sagte Paige und sprach seinen Namen so verächtlich aus, wie sie konnte, »doch das wird nicht passieren.«

Er ignorierte ihre Worte und setzte zu dem Stoß an, der die Kellnerin durchbohren würde, die sich noch immer in seinem Griff wand. Paige glaubte nicht, dass sie das Nebelmesser bewegen konnte, das ein Teil von ihm war, aber sie war schneller als sein Messer, und stieß ihn mit ihren magischen Kräften weg von der Frau. Ohne Folgen stach er mit dem Messer in die Luft. Er wollte wieder herumfahren, um Paige und ihre Halbschwestern anzufunkeln, doch Piper fror ihn in diesem Moment ein – die Füße über dem Boden, die Schultern hochgezogen, der Hals verdreht und das ansonsten hübsche Gesicht wütend verzerrt.

Als Paige ihn auf dem Bürgersteig absetzte, schwankte er leicht, blieb aber steif wie eine Statue stehen.

»Vorsichtig«, mahnte Piper. »Sonst zerbrichst du ihn noch.«

»Wäre das nicht eine schreckliche Schande?«, fragte Phoebe spöttisch. Sie war bereits dabei, die Bezwingungssteine auszulegen, und ordnete sie in einer Art Halbkreis um Timothys reglose Gestalt an. Die Kellnerin, bemerkte Paige, verfolgte fasziniert ihr Treiben.

»Sie sollten vielleicht von hier verschwinden«, sagte Paige zu ihr. »Und zwar schnell. Bevor Sie etwas sehen, das Sie wirklich nicht sehen wollen.«

»Nichts lieber als das«, stieß die Kellnerin hervor, noch immer atemlos und erschöpft von dem Kampf. »Aber danke. Vielen Dank. Ich meine es ernst.«

Paige wehrte ihren Dank mit einer Handbewegung ab. Sie war froh, dass sie der Frau das Leben gerettet hatten, aber in diesem Moment war ihre oberste Priorität, Timothy ein für alle Mal zu erledigen. Als sie wieder aufblickte, hatte die Frau ihren Rat befolgt, bog bereits um eine Ecke und verschwand außer Sicht.

Paige sah ihre Halbschwestern an, Piper, die Timothy im Auge behielt, um dafür zu sorgen, dass er seine Kräfte nicht einsetzte, um den Erstarrungszauber aufzuheben, und Phoebe, die ihre Steine ausgelegt und die Hände in die Hüften gestemmt hatte, mit einem vertrauten, zufriedenen Lächeln auf dem Gesicht. Hinter ihnen verfolgten die Männer ihrer Halbschwestern, die sich aus dem Kampf herausgehalten und Timothy den Hexen überlassen hatten, das Geschehen.

»Alle zusammen?«, fragte Phoebe. »Oder soll ich es allein tun?«

Piper hob eine Hand. »Ich denke, wir sollten es Paige überlassen.«

Phoebe sah sie an und nickte. »Ich schätze, du hast Recht. Paige? Die Ehre gehört allein dir.«

Paige richtete ihren Blick wieder auf Timothy. Sie schämte sich, weil sie sich von ihm hatte benutzen lassen und so leicht auf sein Lügengespinst hereingefallen war. Aber es gab ein sicheres Mittel gegen diese Scham, und den Rest würde die Zeit erledigen. Sie dachte konzentriert nach und formulierte die Worte, die sie verwenden wollte.

Die Macht der Drei
Einst lag in Scherben,
Erneuert sich selbst
Und lässt dich sterben.

Timothy zuckte zusammen. Furcht und Schmerz verwandelten sein Gesicht in eine Maske des Schreckens, als Pipers Erstarrungszauber aufgehoben wurde. Im nächsten Moment wurde die Quelle seiner Furcht und seines Schmerzes sichtbar: Ein knisternder Laut, ein beißender, fauliger Gestank, und dann schlugen Flammen aus seiner Haut und verzehrten ihn in einem einzigen massiven Feuerball.

Die Hexen verfolgten alles und hielten sich an den Händen, bis er verschwunden war und nur einen matten Rußfleck auf dem Bürgersteig hinterließ. Er sah bereits alt aus, als hätte dort vor Jahren etwas gebrannt, und Paige vermutete, dass er bis zum Morgen wahrscheinlich völlig verblassen würde. Aber Timothys Taten würden noch eine Weile länger nachwirken. Die Menschen, die seine Opfer geliebt hatten, würden ihr ganzes Leben lang unter dem Verlust leiden. Doch er würde keine weiteren Unschuldigen mehr töten, und mit der Zeit würden selbst jene, die trauerten, sich nur noch an die glücklichen Zeiten mit ihren Liebsten erinnern, und der Zyklus des Kosmos würde weitergehen, Geburt und Leben und Tod ihrem ewigen Rhythmus folgen und Timothy vergessen machen. Er würde verlieren, wie das Böse immer verlor, selbst seine Morde würden ihre Macht einbüßen und keinen Schmerz mehr bereiten.

Er hatte verloren. Das war gut. Morgen würde ein anderer Tag anbrechen, einer ohne Timothy McBride. Sie würde wieder zur Arbeit gehen und einen Weg finden, dem armen Mr. Boone zu helfen, und das würde sie zufrieden machen.

»Wisst ihr was?«, sagte Paige.

»Was?«, fragte Piper.

»Lasst uns nach Hause gehen. Eine Weile zusammensitzen. Fernsehen, ein Spiel spielen. Was immer Familien so tun.«

»Das klingt gut«, erklärte Phoebe. Sie schnippte mit den Fingern. »Bereit für einen kleinen Ausritt, Leo?«

Während sie mit Leo in einem Funkenregen verschwanden, murmelte er: »Ich dachte immer, es heißt ›Nach Hause, James.‹«

Epilog

SIE WAREN ZU HAUSE, aber nur eine kleine Weile.

Kurz nach ihrer Ankunft sah Piper zufällig auf die Uhr an der Küchenwand. »Meine Güte«, sagte sie. »Es ist später, als ich dachte.«

Paige spürte, wie ihr das Herz ein wenig sank. »Du arbeitest heute Nacht, Piper?«

»Ich muss leider«, erwiderte Piper mit einem angedeuteten Schulterzucken. »Ich bin nicht reich genug, um eine abwesende Nachtclub-Besitzerin zu sein, verstehst du? Sie wissen, was sie tun müssen, wenn ich nicht da bin, aber es ist einfacher, wenn ich da bin.«

»So viel zu unserer geschwisterlichen Nacht zu Hause«, seufzte Phoebe stirnrunzelnd.

Aber Paige ließ ein langsames Grinsen über ihre Züge huschen. »Wir müssen nicht zu Hause bleiben. Wir können überall geschwisterlich sein«, sagte sie. »Und manchmal macht es mehr Spaß, an einem Ort geschwisterlich zu sein, wo es Musik und Tanz und viele Menschen und Lärm gibt.«

Phoebe musste nicht einmal darüber nachdenken. »Ich bin dabei«, erklärte sie. »Bist du einverstanden, Piper?«

Piper zeigte den beiden ihr ernstes Gesicht. »Hmm, mal sehen ... Leute wollen in meinen Nachtclub kommen und dort ihre Zeit verbringen. Und ihr Geld ausgeben. Leute, die nicht nur meine Schwestern, sondern zufälligerweise auch attraktive junge Frauen sind, deren Anwesenheit allein die Männer dazu bringen wird, ihre Zeit in meinem Nachtclub zu verbringen und dort ihr Geld auszugeben. Ich denke, ich bin damit einverstanden.«

»Geld?«, fragte Paige. »Du willst uns doch nichts berechnen?«

Piper warf in einer Pantomime der Verzweiflung die Hände hoch. »Du bist eine harte Verhandlungspartnerin. Okay, ich werde euch nichts berechnen. Aber die Trinkgelder kommen aus eurer eigenen Tasche. Und ich will nichts von irgendwelchen lausigen Trinkgeldgebern hören.«

Paige bemerkte, dass Phoebe zu Boden sah. »Was ist, Phoebe?«

»Wisst ihr, dieses Vorstellungsgespräch heute war nicht gerade ein kosmischer Erfolg«, erwiderte sie. »Ich denke nicht, dass sie mir einen Job anbieten werden. Um genau zu sein, sie werden wahrscheinlich das gesamte Gebäude desinfizieren müssen, weil ich es gewagt habe, dort zu niesen, und ich wäre nicht überrascht, wenn sie mir die Rechnung schicken würden.«

»In diesem Fall klingt es so, als wäre es ein Segen, wenn sie dir den Job nicht anbieten«, stellte Cole fest.

»Ein Job wäre eine gute Sache«, erwiderte Phoebe. »Nur dieser vielleicht nicht.«

»Ich gebe dir heute einen aus, Phoebe«, versprach Paige. Das bisschen Trinkgeld würde keine Rolle spielen, und was für einen Sinn hatte es, sich Mr. Cowans Launen auszusetzen, wenn sie nicht hin und wieder ihrer eigenen Halbschwester einen ausgeben könnte? »Es geht auf mich. Um genau zu sein, die ganze Party geht auf mich.« Sie sah Piper an, die knapp nickte. »Das heißt, die Trinkgelder, da der Rest der Party auf Piper geht.«

Sie bemerkte, dass Cole und Leo einen Blick wechselten. Sie würden mitkommen. Cole hatte keine dämonischen Angelegenheiten mehr zu erledigen, die ihn nachts beanspruchten, und solange sich Leo nicht um dringende *Wächter-des-Lichts*-Dinge kümmern musste, blieb er dort, wo Piper war.

Das war ihr recht. Je mehr, desto fröhlicher. Sie hatte das Gefühl, dass diese Nacht eindeutig diesem Klischee entsprach.

Sie waren seit einer Stunde im *P3*, als Darryl Morris auftauchte. Sein dunkelblauer Anzug war zerknittert und schmutzig, seine Wangen stoppelbärtig, und alles in allem sah er nach Phoebes Meinung wie ein Mann aus, der zu viel Ärger und nicht genug Schlaf in seinem Leben hatte. Aber er lächelte, als er zu der halbkreisförmigen Nische trat, wo sie neben Paige saß, die munter auf Paige-typische Weise vor sich hin plapperte. Cole saß an ihrer anderen Seite – was ihr gefiel – und direkt daneben Leo, sodass am Ende der Bank noch genug Platz für Piper blieb, wenn sie ihren Pflichten entkommen und sich zu ihnen gesellen wollte.

Jetzt wies Leo auf den freien Platz. »Wollen Sie sich setzen, Inspector?«, fragte er.

Darryl nickte und ließ sich mit einem tiefen Seufzer nieder, legte seine Hände auf den Tisch und nahm so langsam auf der Bank Platz, als würde er ein schweres Gewicht auf den Schultern tragen.

»Langer Tag?«, fragte Phoebe ihn laut, um das Dröhnen der Musik zu übertönen.

»Der längste«, erwiderte Darryl. »Und ich muss noch einmal zurück ins Revier und einigen Papierkram erledigen, bevor ich Feierabend habe.«

»Sie sind noch immer im Dienst?«, erkundigte sich Cole. »Ist das ein offizieller Besuch?«

»Nur im inoffiziellsten Sinne«, antwortete Darryl. Er senkte seine Stimme, sodass sich Phoebe zu ihm beugen musste, um ihn hören zu können. »Niemand weiß, dass ich hier bin. Wenn ich gehe, werde nicht einmal ich mich daran erinnern, dass ich überhaupt hier war.«

»Verstanden«, nickte Phoebe.

»Tatsächlich?«, fragte Paige. »Denn ich bin mir nicht sicher, ob es für mich viel Sinn ergibt –«

»Ich werde es dir später erklären«, versprach Phoebe ihr.

Darryl sah alle an, die in einem Halbkreis am Tisch saßen. Sie warteten ungeduldig darauf, dass er fortfuhr. »Also, mein seltsamstes Erlebnis heute«, begann er schließlich.

»Was war es?«, fragte Paige.

»Ich bin mit einem anderen Detective durch den nebeligsten Teil der Stadt gefahren, unten am Wasser, um unseren

Mörder aufzuspüren, bevor er sich ein weiteres Opfer suchen kann.«

»Haben Sie ihn gefunden?«, fragte Leo ganz unschuldig.

Darryl ignorierte die Frage. »Zu einem Zeitpunkt war ich völlig sicher, einen Schrei gehört zu haben. Aber es war in dem fahrenden Auto und dem Nebel schwer zu sagen. Ich dachte sogar, ein paar Leute gesehen zu haben, die sich durch den Nebel bewegten, doch auch in diesem Punkt konnte ich nicht sicher sein. Wir fuhren also um ein paar Blocks und zurück zur Leavenworth Ecke Chestnut. Und als wir die Stelle erreichten, wo ich dachte, die Leute gesehen zu haben, war niemand in der Nähe. Wir hörten auch keine weiteren Schreie mehr. Die Gegend war menschenleer.«

»Nebel kann schon eine merkwürdige Sache sein«, bemerkte Phoebe. »Man bildet sich alles Mögliche ein.«

Darryl ignorierte sie weiter. »Es war niemand in der Nähe, als wir eintrafen. Wir fuhren wieder herum, und ein paar Blocks weiter sahen wir eine junge Frau zu Fuß, die rannte, als würde ihr Leben davon abhängen. Sie trug eine Kellnerinnenuniform. Eine nette junge Dame. Wir hielten sie an und fragten sie, warum sie in solcher Eile war, und sie sagte, dass sie ihren Sohn abholen musste. Ich fragte sie, ob sie irgendetwas Seltsames gesehen oder gehört hatte, und sie sagte Nein, und so ließen wir sie ihren Sohn abholen.«

»Ist das ungewöhnlich, Darryl?«, fragte Paige. »Dass Leute keine seltsamen Dinge sehen?«

»In dieser Stadt«, antwortete Darryl, »ja. Aber der Punkt ist, wenn man schon so lange wie ich Cop ist, dann kann man ziemlich gut erkennen, ob jemand lügt. Und diese Frau hat gelogen. Daran besteht kein Zweifel. Doch da sie nichts Unrechtes getan zu haben schien, habe ich sie einfach gehen lassen. Ich entschied, euch zu fragen, ob ihr irgendetwas über irgendwelche seltsamen Ereignisse wisst, die sich vielleicht heute Nacht in diesem Viertel abgespielt haben, oder über irgendwelche Schreie im Nebel dort unten.«

»Wir?«, fragte Phoebe. »Du willst wissen, ob wir irgendetwas gesehen haben?«

Piper war herangetreten und hatte in Hörweite gezögert, und jetzt kam sie näher und beugte sich über den Tisch.

»Es geht um diesen Mörder, hinter dem du her bist, nicht wahr?«, fragte sie Darryl. Ohne auf eine Antwort zu warten, fuhr sie fort: »Ich würde sagen, dass diese Sache kein Problem mehr für dich ist. Oder eine Gefahr für unschuldige Menschen.«

»Aber ihr –«

Piper unterbrach ihn. »Die Morde sind vorbei. Das Haus in Tenderloin mit all den Leichen? Dieser Mörder ist auch fort. Du kannst uns vertrauen.«

»Es war derselbe Kerl?«, fragte Darryl. »Hundert Jahre später?«

»Derselbe Kerl«, bestätigte Paige.

»Das ist ein Mörder, der San Francisco nie wieder bedrohen wird«, erklärte Piper. »Nicht jetzt und nicht in hundert Jahren. Niemals wieder.«

»Nun, ich bin froh, das zu hören«, sagte Darryl. »Ich bin nicht ganz sicher, was ich in den Ermittlungsbericht schreiben soll, aber ...« Er verstummte und lächelte, als wäre ihm etwas Angenehmes eingefallen. »Aber das muss ich auch nicht. Seit Mitternacht ist dies eine FBI-Angelegenheit. Sie werden die Fragen stellen, und wenn es keine Antworten gibt, werden sie diejenigen sein, die das Warum in ihrem Ermittlungsbericht erklären müssen.« Er lachte und schlug auf den Tisch. »Ich denke, das ist vielleicht da erste Mal«, sagte er.

»Wie meinen Sie das?«, hakte Cole nach.

»Das erste Mal, dass die Halliwells mein Leben leichter gemacht haben.« Dann huschte ein düsterer Ausdruck über sein Gesicht. »Ihr seid euch doch sicher, oder? Ich meine, ihr seid euch wirklich sicher?«

Paige war die Erste, die das Wort ergriff. »Manchmal muss man einfach jemandem vertrauen, Darryl«, wandte sie sich an ihn. »Ich denke, das ist alles, was wir sagen können. Vertrau uns einfach.«

Der Detective erhob sich vom Tisch und lächelte. »Dann werde ich das auch tun«, verkündete er. »Danke.« Er wollte schon gehen, zögerte dann aber, beugte sich über den Tisch und sah sie alle ernst an. »Ich hoffe, dort draußen gibt es nichts, was euch mit diesem Fall in Verbindung bringen könnte«, sagte er. »Nichts, was das FBI finden kann.«

Alle dachten einen Moment über die Frage nach, aber Cole war es, der sie beantwortete. »Ich denke nicht«, sagte er. »Ich bin ziemlich sicher, dass es keine Spuren gibt. Und wenn doch, werden wir uns darum kümmern.«

»Okay«, nickte Darryl ernst. »Macht das.« Dann wandte er sich ab und drängte sich durch die Menge.

Als er fort war, beugte sich Phoebe zu Paige. »Das war ein guter Rat, Paige«, sagte sie. »Sehr gerissen.«

»Was?«

»Diese Sache mit dem Vertrauen. Ich muss wirklich daran arbeiten.«

»Manchmal ist es schwer«, kicherte Paige. »Aber ich denke, es ist einen Versuch wert.«

Phoebe sah ihre Halbschwester an, die manchmal so oberflächlich sein konnte und doch über so tiefe Einsichten verfügte. Vielleicht hatte die Tatsache, dass sie fern von ihren Halbschwestern aufgewachsen war, ihr einen anderen Blickwinkel gegeben, die Möglichkeit, Probleme mit den Augen einer Matthews zu sehen und nicht mit denen einer Halliwell. Was immer es auch war, Phoebe war froh, dass ihre Halbschwester diesen Blick hatte, und sie wusste, dass Paige in diesem Punkt eindeutig Recht hatte.

Vertrauen war immer einen Versuch wert.

Entdecke,
was in dir steckt!
W.i.t.c.h.
Will Irma Taranee Cornelia Hay Lin
... für dich und deine
Freundinnen.
Das Mädchen-Magazin
voller Magie und Zauber!
Jeden Monat NEU am Kiosk!